U0907874

登机口
C30号

［德］
马修·莫克里奇
著
梁文武
译

GATE
C30

江苏凤凰文艺出版社
JIANGSU PHOENIX LITERATURE AND ART PUBLISHING

目 录

contents

有感于真实事件

序　章

我叫杰森·库珀，我想和你分享我亲身经历的一个故事。

人们身处这个世界，每个生命都为他们自己准备了一次旅行，旅行中隐藏着最伟大的梦想和最幸福的内心。遗憾的是，很多人总是仅仅迈出旅行的第一步，并且一生总是生活在不满与痛苦之中。

然而我却有幸经历一次无法忘怀的旅行，这次旅行不仅让我经历弥足珍贵的点点滴滴，而且还永远改变了我的生活。我想借助这本书与你分享我在这次冒险经历当中学到的东西，希望你能与我一样体会真正的幸福，品尝真正的满足感。

我满怀敬意将所有这些非同寻常的处世之道、弥足珍贵的知识以及我在旅途中结识的人们的扣人心弦的故事与你分享，希望对你今后的人生之路有所裨益。我所经历的时光一定会给予你真挚且长久不懈的动力、生活的乐趣、纯真的好奇心以及持之以恒的毅力。对此我深信不疑，我也衷心希望你能接受这份馈赠。

在我经历这次难以忘却的旅行之前，我对生活当中那些美好的事物已经麻木。尽管那些普通得无法再普通的东西近在眼前，但是我却无视它们的存在。我试图寻找自我，尽管我也想找到自我，可是一无所获。我加快脚步，却并不知道是否踏入正途。

我的生活如同一部故事书，可是我的灵魂却深陷矛盾与彷徨之中。我去过很多地方，可是实际上我哪里也没去过。作为一个小有名气的企业顾问，我有过自己梦想的所有玩具，住过为我量身打造的宾馆，也在世界大都市的餐馆吃过饕餮大餐，还和独霸市场的大型企业合作过。我拥有一切，可是又若有所失，对此我深有所感，内心深处极度空虚，仿佛我的生命中缺失一段人生历程。

几乎就在我失去我的家人、我的太太——我生命中的挚友以及我的两个女儿的时候，我才第一次体会到何为最珍贵。我所邂逅的七位人士如同奇迹一样出现在我的面前。我第一次倾听他们，他们的生活秘诀以及处世之道就永远改变了我对世界的看法并且将我导向全新、知足、幸福的生活。起初那些我还极度诅咒、看似无关的事件成为我生活中最重要的部分。有时你无法得到你想要的东西，不过生活中有其他更好的东西在等着你。

如今，我已明白，生活的春风总是在寻找一个曝光那些最为重要秘密的节点。在你获悉这些秘密将永远改变你的生活之前，你已经可以真真切切感受到它们的存在。生活中最重要的时期常常无名无姓，可是在你开始体验它们的时候，你要相信每个新的开端都具有魔力，历史会自己写就，话语会跃然纸上。我在这本书里与你分享的所有知识就像远处的回声一样来到你的面前。今天可能就是你全新生活的开始。

这就是我不得不与你分享的旅行故事。

旅行开始

这架沉重的波音747飞机在高于海平面10000米的高空中力不从心地对抗着那残忍的紊乱的气流。余光中我发现右边的驱动器开始燃烧。短短几秒钟的时间，乘客们恐慌的叫喊声便盖过了警报和报警信号的声音。氧气面罩从飞机机舱的天花板上掉落下来，机舱内的灯光也全熄灭了。飞机陡然向下落去，在夜空中天旋地转。因为恐惧，我战栗不止，双手愈发用力地抓紧我的座椅扶手。那时，我能感受到，飞机是怎样越来越快地、不受控制地向着我们下方阴暗的海洋坠落。飞机的整个主翼都已经变形了，我耳边传来金属断裂发出的震耳欲聋的噪声，我的心跳得越来越快，几乎无法呼吸，我的面部变得扭曲，我咬紧牙关，额头布满汗珠。我能感觉到，那股不可遏制的外部力量是如何不断加重对我的影响的。噪音越来越大，短短几秒钟飞机在空中被撕得粉碎——突然我猛地睁开了双眼。

闹钟响了，现在是周一早晨4点30分。像以往的周一早晨一样，天还没亮就要起床令我十分痛苦。我的妻子丽兹一般还能多睡一会儿，她已经习惯了我这样的作息，并且当我起床时，她也不会被我吵醒。但是这个周一的情况有些不一样，我发现她没在睡觉，她一定是被做梦的我吵醒了。我轻轻地把被子盖到她的肩膀上，坐到床尾，然后感觉到她的手搭在了我的肩膀上。对此，我感到很安心，同时回握住她的手。“你一定要再去多哈吗？你难道不能放弃一些国外的工作项目吗？我和孩子们都想要你留下来。”她轻柔的话语击中我心中最敏感脆弱的部分，她们对我来说是最重要的人，即使我为她们做了一切我能做到的事情，她们的心还是离我极为遥远。“只剩这次交易了，多哈之后一切都会有所改变。亲爱的，当我结束这桩买卖之后，我保证，这一切都会改变的。”我觉得这句话在之前已经说过无数遍了，我希望之后不会再说，能让这句话最终变成现实。我深呼了一口气，然后独自起床，留丽兹一个人躺在床上。我明白，我们之间的关系已不像我们初识的那样了。

在每一个这样的清晨，我们之间的隔阂就会增大一点。这种状况就好像我们身处彼此的身边，却像是已经很久没有生活在一起了。这令我很难受，因为我知道，我很爱丽兹。尽管我总是外出不在家，我们之间仍存着爱意。

我不知道该如何去改变这种情况，因为那令我们分离的工作同时给了我们赖以生活的安全感。有时我想用这份安全感去换取我最渴望的真正的自由，但我缺乏勇气。

我听见丽兹在我身后轻声说：“我们一家人已经很久都没有一

起做些什么了。我怀念那些我们和孩子们共度的夜晚，我们坐在壁炉前享用你最爱的苹果蛋糕，蛋糕上还撒着肉桂粉和许多葡萄干。回家来吧，杰森！”我不明白她是什么意思，因为我根本没有离开，只是有几单这样的大额交易，在这之后，我希望自己有更多的时间与她们共度美好时光。我慢慢地关上了身后卧室的门。

浴室里的瓷砖冰凉刺骨，这里的一片寂静也让我心情沉重。我站在花洒下淋浴，在猛烈的水流下我同每天早晨一样思考着同样的问题：什么时候我能够感受到生活中的安宁和幸福？这种感觉我寻找了很久，并且每天为此而辛苦地工作。我得到的答案也如每天一样——或许明天吧。

我关掉花洒，赶走脑子里那些想法。时间紧迫，我匆忙地穿上西服，准备开车前往机场。我斜向穿过布满晨雾的林间小路，然后拐上通往机场方向的公路，这条公路现在空无一人，兀自闪烁着橙色的灯光。到机场后，办理登机手续、托运行李、进行安检——整个过程进展得如机械般流畅。

当我在机场里走动的时候，我不再像平常人一样能思考，而是像一架机器一样，只是在维持我的正常运转。像往常一样，我在飞机起飞前买了两份日报和一杯香浓的咖啡。我一定要保持自己消息灵通，但同时我又对那些信息不是那么感兴趣，这时就需要咖啡来帮助我，让我不要睡着了。我快速在吸烟室抽了根烟，从几年前开始，我就总站在吸烟室的同一个地方问自己，为什么我不能停止这一切呢？看着来来往往的人们，也能听见他们喧闹的声音，但我却不能和他们感同身受。这就好像是我能看穿他们每一个人，又或者说我好像是隐形的人，所以我才总是独来独往，尽管此时没有什么比拥有亲密的陪伴更令我渴望的了。

报纸上随处写着世界上发生的灾难般的状况，这些新闻报道让人感到枯燥乏味，咖啡中有太多的咖啡因，在蓝色的烟雾中，我觉得肩膀直发冷。我已经准备好要去登机了，就像一架马上就要启动的机器。我坐在头等舱的黑色座椅上，就像坐在一个王座上，飞机飞往第一个中途停留点——位于土耳其伊斯坦布尔的阿塔图尔克国际机场。它是一座国际化的交通中转站，有许多和我一样的人从很遥远的国家飞到这里。我在早晨微凉的空气中走下飞机，低头看了一眼我的机票，接下来我要走向登机口 C30，从那儿我要接着飞往卡塔尔。

我又很快地抽了根烟，径直走向出发大厅里的一家咖啡厅，那里散发着浓郁的咖啡和热乎乎的小饼干的香味，我点了一杯味道浓郁的摩卡咖啡，它在一个银色的咖啡壶里烹煮着。

到达登机口 C30 后，我便充分利用等待的时间为即将开展的商谈做最后的准备工作。我飞往卡塔尔的多哈是要和一名原油产业的顾客进行商谈，他的公司想在最近做相关的销售生意。如果一切进展顺利的话，我们将在今天或者明天签订合同，我的这位本来就很富有的顾客将获得 1 亿欧元的利润，从而变得更加富有，而我所在公司的商业规模也会进一步发展，我能从我的努力中收益良多。这不会让我再感到紧张和焦虑，但也不会让我感到幸福和自豪，我那令人目眩的事业高度有着难以想象的工作压力，我整日工作得快像机器一样了。一切都进行得如机械般麻木，我能清楚地感受到我的内心，它很明确地告诉我，我现在缺少些什么。现在还是早晨，但我感觉我的鞋子有点紧。

我的一切行为按照惯例进行，又是一支烟、一杯咖啡。我全神贯注地钻研着手提电脑里的数据，这些庞大的数据资料像流水般涌入大脑中。我看着电脑上的预计财务报表，感觉自己就像是置身于一条没有出口的隧道中。直到一条刺耳的机场广播声夺回了我的注意力，广播中年轻的女声用英语说道："女士们，先生们，乘坐 691 次航班飞往多哈的旅客，我们抱歉地通知您，您的飞机将延误 7 小时。"

什么？这不可能，在今天怎么能发生这样的事情！今天可是有决定性的商谈！我的专注瞬间无影无踪，由于激动我甚至无法控制自己的情绪，混乱和紧张席卷而来。我的双手从电脑键盘上猛地抬了起来，紧紧握成拳。从7个月前我就在忙活这个项目，今天各方代表有可能会全部到达多哈签订这份合同，我到现在为止从未错过一次会议。

我的情绪难以平息，激动地寻求解决的办法：有其他的飞机飞往多哈吗？如果我昨天就起飞去多哈是不是就什么都解决了？我问自己，难道我从现在开始真的要在机场滞留7个小时，没有其他的选择了？我逐渐明白了，此刻内心愈发强烈的挣扎不能改变我现在面对的现实状况。691次航班是今天唯一一架飞往卡塔尔多哈的飞机。我松开了紧握的双拳，这一切都是上天注定的：接下来我要在登机口C30等待7个小时。

离起飞还有6小时59分钟

自从我要乘坐的飞机延误之后，时间好像就静止了。我在我那如此匆忙的生活中发现一个时间的空隙，我处在一个特别的休息室中。突然间不再存在什么事情是我必须要做的了，我现在毫无压力，有了七个小时的时间，但我不知道我应该在这期间干点什么。我觉得自己与周围的一切格格不入，迷茫又孤单。人们能从这座巨大的机场去往世界上的任何地方，然而它现在却帮不了我。

在这一刻，我想起了安吉拉曾对我说的话："那些你应该得到的东西，你就无所顾虑地拿着吧！我们制定了规则，杰森。你可以获得一切你想要的东西。"安吉拉·德·拉·巴特是我所就职的企业咨询公司的老板，是这个行业中最富有、最有影响力的女士之一，她从她父亲那里继承了公司。安吉拉是一位优雅、专业的，但冷淡又斤斤计较的女士，传闻说，她二十七岁时在金融区买了一栋办公楼，目的是为了解雇大楼的门卫，因为他的服务让她很不满意。作为公司里最出色的顾问之一，她经常亲自向我传达指示。我耳边仿佛传来了她的声音："拿着你应该得到的，你可以获得一切你想得到的。"这现在也帮不到我什么，我想明白了。

我突然觉察到，有人在看我。一位深棕色卷发的女士，面带微笑，看起来年轻又愉悦，她是这机场里的一名清洁工。"您也是要在这里等待七个小时的旅客吗？先生，您不用担心，我也是一整天都要待在这里，当您觉得无聊的时候，可以来找我。我不会走远的。"她推着她前面的清洁车笑着说道。"谢谢。"我有点怀疑地小声说。她对每个人都这样吗？她这样做仅仅是为了表示友好还是想从我这里得到些什么？可惜，一份诚挚的友谊在如今已经很稀少了，人们经常把它和暧昧不清的关系混淆。真是位有趣的女士，我边想着边看了她一眼，她正怀揣着她的好心情一直保持微笑，并推着清洁车在登机口 C30 的长椅间来回奔波。

当我的心情有所好转后，我没有预料到，状况很快会变得更糟。我把手伸进夹克口袋里，突然意识到我丢了非常重要的东西，护照、机票和钱包，统统不见了，我浑身打了个寒战。这些东西是不是都被放到电脑包里面了？我慌忙地翻遍了所有的包，没有找到。我把这些东西落在了飞机上了？不对，我回想起来，我在下飞机后手里还拿着机票，又去咖啡厅买了一杯摩卡咖啡。我立刻环顾四周，是被盗了吗？还是把它们落在了什么地方？在过去的几分钟里一定发生了什么。

“我叫杰森·库珀，我的钱包和旅行证件丢了，您可以帮我留意一下吗？黑色的皮质钱包，飞往多哈的头等舱的机票。我需要它们，我必须参加一个重要的会议。”年轻的机场工作人员大吃一惊：“您先冷静一下，先生。我将通知我们的安保人员，把您丢失的东西进行失物登记。等我们找到了，我们会立刻通知您。您也可以自己再找找看，也许您把它们落在登机口或者其他地方了。”“谢谢。”我像一台敏捷迅速而具有分析能力的机器运转起来，就像我经常在许多商谈会议中表现的那样。我都去了哪里呢？我立马返回候机大厅的小咖啡厅，直奔付款处，把排队的长龙甩在身后。“喂！看见一个钱包和一本护照了吗？黑色的皮质的钱包，还有张机票！”柜台后面的年轻人好像没有明白，这些东西对我来说有多么重要，没有护照和机票我是不能登机的。“喂！”我更大声地讲，我太习惯于很快获得我想要的东西了，“喂，听我说话。我需要我的证件，它们一定在这里。”还是没有任何答复。小咖啡厅里充斥着咖啡机的喧闹声、打奶泡机发出的嘶嘶的蒸汽声，还有等候人群的嘈杂声，我失去了耐心：“喂，我的证件在哪？”我几乎是冲这名年轻的咖啡师喊了出来。

他站在咖啡机旁背对着我，我看到，他突然向我缓缓地转过身来：“我们在这里什么都没有找到，但是我可以给你个建议。”他是留意到什么了吗？我向他靠近，想听清楚些他要说的话。“无论你是谁，无论你在找什么，当你这样向别人问问题时，你什么都不会得到。如果你表现得毫无人性，没人会去帮助你的。希望你能找到你要找的东西，我要继续做我的工作了。”他说着，摇了摇头，转身走了。咖啡厅里还是一片嘈杂，就好像他没有过来同我说过话一样。

邂逅罗伯

重寻内心的童真，卸下伪装的面具

我似乎得学会如何和人正常交往，而不能像对待公司里的下属一样发号施令。深思熟虑后我决定返回登机口 C30，沿着我之前走过的路找寻。我盯着地面：可能是我的钱包和证件从包里掉出来了？我一无所获，等我到达登机口时，我环顾四周，深深地吸了口气。

“您看见一个黑色的钱包了吗？我把我的钱包和证件弄丢了。”我向一名坐在我身边的男士发问，又补充道，“哎呀，我现在至少还有难熬的七个小时寻找它们。今天也许我会幸运地找到呢。”这位男士看着我，微微挑起左边的嘴角，露出一个浅浅的笑，看起来就像他觉得我说的话十分稀奇。“你好，朋友。”他说，好像他已经认识我很久了，“我叫罗伯。”他依旧咧着嘴笑着，冲我伸出了手。尤其吸引我的是，他看起来那么健康。棕色的皮肤泛着金色的光芒，脸上毫无皱纹，尽管四十五岁上下看起来仍像是个年轻人。他的胳膊没有一点水肿的迹象，结实而强健，及肩的深金色头发夹杂着几绺浅色发丝。

那些浅色的发丝，是因为阳光的照耀而闪闪发亮，而不是挑染。罗伯穿着一件白色的 T 恤，破洞的牛仔裤和人字拖鞋，他的脖子上带着一条皮质的项链，上面挂着一个小贝壳，双手手腕上带着色彩斑斓的手链。他那双明亮的蓝色眼睛迸发着光芒，笑靥是那么真诚友善，他散发出一种潜在的高尚和平和，他的这种特质很容易让人感受到。

“你好，我叫杰森。”我小声地回复他。“杰森，你今天注定要消磨时光了吗？”“是呀，我没有其他的事情可以做。当然我更想现在马上找到我的证件，然后我们马上就能起飞，不必一直在这儿等着。”罗伯听了我的话轻笑了一下：“朋友，你不必立刻起飞，你应该一下子到达目的地。”也许我没有正确理解这样带有嬉皮士态度的话：“对不起，罗伯，不是我必须到达，是我必须要起飞去多哈。如果一切进展顺利，我现在早已在奔赴会议的飞机上了。”“在这个世界上，到达就意味着要起飞啊。每一个终点往往又是另一个新的起点。”我满腹狐疑地摇了摇头，在这个早晨我受到了太多哲学方面的教导。“今天我有一个极其重要的会议要参加，现在我丢了证件，这次晚点还剥夺了我今天七个小时的宝贵时间。”罗伯听着我说的话，他的视线穿过登记口后方大大的落地窗，望见初升的太阳从一望无际的飞机跑道缓缓升起，他对我说：“就我来说，今天的时光从现在才刚刚开始。朋友，我也会认为，人们可能会从我这里把它夺走。你必须停止漫漫等待，你要开始学会享受生活。你应该停止寻找，开始创造。”

“更多地去创造？我应该给你看一眼我的日程表，我同全世界最重要的顾客共事，此外我还要比平常人做更多的工作。我睡得很少，我很辛苦地为生活打拼。我没有时间听别人唠叨我还得干些啥。”我愤懑地说道。

罗伯接着说：“没错。你拥有的时间比你想的还要少，但是朋友，幸运的是，它一直在这里，从未消逝。当你留心于现在这一刻，你就不必为岁月担忧。”

离起飞还有 6 小时 45 分钟

我本来打算停止这段谈话去继续寻找我的钱包和证件，但罗伯的个人魅力、过分轻松、愉悦之情以及随性洒脱吸引着我。我无法摆脱这种感觉，眼前这个男人知道我所不知道的一些事情。他身上有我希望得到的某个东西。他是如此的可靠与自由。我对于这些想法很吃惊，但我想要了解更多，或许就是他散发出来的那种出奇的镇静吧。他的存在使我觉得很舒服、很安静以及很可靠。

“那好，罗伯，你说我赶时间，那我为什么要好好听你的话呢？”“很好的问题。最重要的一点就是，这些都是我的经验之谈。我向你说过的一切都是我亲身经历与体验过的。这不是理论上的侃侃之谈，还涉及生活以及有意创造个人现实的抉择。”“你这是什么意思？自身现实？我的钱包丢了，这就是现实！难道飞机延误，你不生气吗？”“不，”罗伯直截了当地回答，“我肯定，我不会因为某一个航班而生气！当你与施加在你身上的外在力量做斗争的时候，只会产生压力。你心知肚明你的生活如何运转，当你停止活在充满压力的世界里，当你的内心接受了这个方法，那你就开始真正活在现实之中。这种时候，你的生活不再为外在条件左右，而是当下的好奇心。没有人知道未来会发生什么，但每个人都对每一个清晨、下一次旅行、未来的七个小时充满感激之情。不再追寻安全感和可预见的未来的人会在对瞬间之美的艳羡中找到他想要的所有重要答案。”

“罗伯，这一切听起来很好，但计划与目标呢？难道它们不重要吗？”

“当然重要，但目标是你想出来的，它绝对不会比创造它的自然更聪明。我相信奇迹，相信不可思议的事情：在你的内心深处存在着毋庸置疑的、原始的力量，它终会让你成为伟大之人而非平庸之辈。”

这种力量不仅仅能让你达成你的目标，更能激发你的热情。能真正激发你热情的东西绝不是偶然出现的，它与你的使命息息相关。

相信它们，你就会开始认识到你自身的极限。

朋友，当你还是孩子的时候，你是否清楚地知道你想成为什么样的人，你的爱好是什么？给自己制订一份新计划，然后再去重新认识那些你早就忘掉的事物，和某个老朋友或家庭成员谈谈心，向他们询问一些你孩童时期的兴趣爱好。什么是你以前总会做的事情？什么又是令你开心的事情？它们肯定是与你真实的爱好以及最重要的目标密切相关的事物。你再去找到这些充满魅力的事物，然后把它们融入生活的每一天中去。只有真诚地付诸实际并加以练习，才能激发出你真正的热情。许多人认为，首先得有热情，然后才有为之工作的动力，这显然是不对的。只有你每天为了某事而起床的时候，才会激发出你真正的热情，因为你变得更好并且陷入了学习曲线。当你培养出一门手艺的时候，你再为它花费的时间就会停止。在你的人生中，什么时候会出现时间停止的时刻呢？你曾经在某些时刻做过的事情中，哪些事令你感到满足？你的天赋在这些美轮美奂的瞬间展现出来。所以，回到那些给予你灵感的地方吧！

释放自己以及生活中充满魅力的本性，去感受包围着你的世界的力量，如同纷纷洒洒落在你身上的雨滴、温暖你的太阳，帮助他人的感觉好似一次美好的意外收获，比如今天航班的延误。有时生活中的多次绕道会铸就一次晚点，抓紧时间好好体会体会吧。

离起飞还有 6 小时 32 分钟

我真想把他的言论以嬉皮士式的骗术幻想形式一一记录下来，但与之相比这个男人太机智、太酷，也太过利己了。说完后，数分钟内，他的话语依旧在我心里回响。我等着，仿佛时间成为永恒，我问罗伯：“你是从哪儿知道这一切的？”

他再次扬起与之前相同的嘴角，笑着，转向我，用食指把头发别到耳后，从皮夹子里掏出一张照片。“你知道这是谁吗？”我看了下照片，看到一个人，这个人使我想起了我自己。一位中年男人，穿着一套明显很贵的黑色西装，略微有些臃肿，眼睛疲倦，目光呆滞。他身旁有一辆黑色的兰博基尼。这辆车看上去同他身边的男人一样奢华但阴郁。我说我不认识这个人，并把照片还给了他。“他是罗伯特·博伊德，纽约最著名的销售经理之一，这个国家最大的广告公司的创始人之一。”这些解释通了兰博基尼以及昂贵的西装，那他呢？

透过大大的窗户，罗伯再次朝位于停机坪后面的太阳望去。“他的那些老朋友总是称罗伯特为罗伯，照片上的男人就是我！”我很吃惊，还有一些迷惘。照片上的男人看起来和罗伯一点也不像。照片上的人身材、头发、发色以及个人魅力与在C30登机口旁坐在我身边的人完全不同。这位新的、明显往好的方向发展的罗伯特（罗伯）·博伊德令我印象深刻。但怎么会有人从几年前的疲惫不堪、身体抱恙、如同一位生病的老人，突然变得充满活力、精力旺盛、幸福快乐、年轻帅气呢？这是真的吗？难道有什么奥秘吗？有长生药或长生水？我不是很确定。“真的吗？这太难以置信了，罗伯！”

“看仔细点儿，朋友。”他说道，并把照片再次放到我面前。确实，第二眼看上去就很明显了。照片上站在兰博基尼旁的男人就是罗伯，他就坐在我身旁，穿着破洞牛仔裤，留着长发，很酷，精力充沛。“发生了什么？”我立刻问道，“西装去哪了，照片上的男人又去哪了？你的改变令人难以置信。”“照片上的男人没有珍惜他的时间。我，罗伯特·博伊德，纽约的多金男已经失去了十多年的光景。这十年，我什么都没有找回。我不想日复一日地过着相同的生活，也不想把它称之为我的生活。这不是一个好的对未来的计划，而是对当前的一个糟糕的致歉。自从我开始管理我的时间，罗伯特·博伊德就不再出现在我的生活中。”

我惊讶得说不出话来。“你怎么能就这么放弃了？你的公司和你的责任呢？你一定要告诉我你是如何走上这条艰难之路以及是什么在指引着你的。”罗伯再次扬起嘴角，他似乎很高兴再次去经历一遍人生中那些至关重要的抉择。“我必须做出选择。”罗伯说道，并向我讲述了他职业生涯高峰期的那几年难以想象的压力，一天工作 18 个小时，睡眠严重不足。最终苦尽甘来，他能喝最好的酒、吃最鲜嫩的牛排、抽最贵的雪茄、和最漂亮的女人恋爱。他朋友很多，但友谊却很少。他哈哈大笑，但其实并不快乐。尽管外在整洁优雅，但内心却很肮脏鄙陋。“不是每个人都注定不会是你未来的一部分。我不会想念当初的某一个人，而她肯定也不会想念我。如果你不再追求虚假的友谊，而且开始和你自己做朋友，你就会学会享受自己的人生，而那些正确的人最终也会找到你。即使分别令人痛苦，但别忘了，那些最黑暗的日子使你变得特别。朋友，生活中发生的所有事情都是为你而来，而非冲着你来的。”

罗伯的身体状况恶化速度比他想象中还要快。他又讲了他的家庭医生给他做的一次身体检查的事情。“我的朋友，杰森，我永远不会忘记那个医生是如何透过老花镜深深地望着我的眼睛，他说，博伊德先生，您不能再继续这样下去了，要么工作，要么健康。”紧接着是我与罗伯之间片刻的安静。“我马上订了一场去夏威夷卡胡卢伊[①]长达三周的旅行，远离一切事物。如果你想要得到你之前从未得到的东西，那你就必须要做一些你之前从未做过的事情。我想要休息，所以我必须不再假装有两种人生。我得避开所有同事，避

①卡胡卢伊位于美国夏威夷，以风景秀丽而闻名于世。

开参加会议，还有宴会和豪华派对。”

罗伯用他明亮的蓝色眼睛看着我，接着说：“我必须要仔细考虑医生和我说的话。于是，我在海边租了一间小木屋，第一次为我自己花些时间。我必须要走，因为你不可能在一个迷失自己的地方再次找回自己。停止寻找吧，因为人生的意义不在于追求某事物，而在于选择与创造。”我能感受到罗伯内心闪着光芒，就好像他在向我讲述他在卡胡卢伊海边度过的时光一样。他来到一个地方，那里神秘、粗犷的自然以及古老的传统都让他着迷。他告诉我他遇到了当地一位年轻的冲浪手。每天伴着第一缕阳光，他们相约海边，然后在世界最大的海浪上冲浪数小时。与海洋的力量相协调，他们从时间与压力中释放出来。罗伯享受着美好的友谊、内心的放松与温暖以及他从年轻冲浪手身上学到的对生活的新视野。

“当你放下工作后，几乎所有一切都会重新运转。”他说道，并向我说到大海的话语，“海浪的声音向你诉说，每一滴水都守护着海洋的秘密。原始的海洋会激发你的内心，激起无穷的灵感，并让你的生活充满快乐。这些是当地冲浪者不用话语就向我展现出来的。他们不需要很多东西来使自己得到满足。他们也把他们拥有的一些东西分享给我，因为他们觉得，在他们巨大的财富面前，我是穷人。面对一场大浪，我们所有人都是一样的，无论你是谁，它都会向你袭来。你无法使它停下，但你可以学会冲浪。”

在这个充满魅力的世界，罗伯开始重新做人。他找到了真正的快乐、好奇心与幸福。“就像我内心深处的一个声音告诉我，为了真正的自由以及找回我失去的东西，在这样一个地方我必须要这样生活，而且和自己的想象相比，我需要的并不是那么多。这是我第一次脱离令人窒息的逻辑，以本能的直觉做出的决定，完全出自内心的自由，并且一点都不理智。我也乐在其中。除了冲浪板和背包里的东西，我什么都没有，而且我也从未如此开心过。”

“我重新找回了遗忘之物。自从我学会冲过生活中的大浪时，我的生活就简单得多了。人们总是认为，活着就是一场斗争，他们每天逆流而上。在我释放自己之后，我全身充满活力。我相信我的生活、我的内心以及我的感觉。这是我的新生活。”他说道，双眼也满意地上下打量着，从牛仔裤到夹板鞋再到晒黑了的双脚。无边的海滩和纯净的海水净化了他的思想，唤起了他的心灵。他之前曾环球旅行过，但却从未发现过她真正的美丽。

我听得入了迷，这位前任广告大亨、冲浪者兼嬉皮士唤起了我心中的某些东西。“你什么都没有，那你是怎么变得幸福的呢？”我立刻问他，“什么能使你感到开心呢？”“杰森，生命中最美好的事物是看不见的，真正的幸福是由里到外而非由外到里。”这句话像一支箭直击我的内心。我觉得我的内心被一个我根本不认识的人捕捉。但与此同时他的想法让我想起无数位我从电视上认识的精神导师、动机训练师以及创伤治疗师。我对此持怀疑态度，但我又很感兴趣。他的话触及我心中久久没有受过感动的地方。

“但由里及外的幸福是怎样的呢？”我问他。很显然，罗伯找到了他在事业飞黄腾达时期心灵上所丢失的东西。他开始了一段新的生活，这种生活充满了和谐与真实，充满了内心的幸福与满足。“啊，没有什么比内在的幸福更容易做到了。”他说，“你为了感受内心真正的幸福所需要的所有东西其实已经存在于你的内心，你从不缺任何东西，你只需要记住，你的幸福是怎样运转的。”

“那幸福怎样运转呢？”我反问道，“幸福不是机器！”“寻求自己的幸福是一种能力。如果你真正获得幸福，它就会一直运转下去。无论什么时候，你都可以创造自己的幸福。当你帮助某人的时候，当你真心实意的时候，当你尽自己所能并学会一些新知识的时候，当你真诚地向某人道歉或看着某人的眼睛说你是多么爱他的时候，这些感觉是真正的幸福感，杰森，这些你每时每刻都在拥有。它是你的行为造成的感觉，而不是你创造出来的感觉。这两种感觉常常被混淆，因为当你想到物质上的愿望时，你就把它看作真正的幸福——一种谬论！只有当你真正买东西时，你才会感受到两者之间的区别，然后明白，你已经把真正的幸福拒之门外。”

离起飞还有 6 小时 18 分钟

我们沉默了一会儿。我已经着了迷，我清楚地理解了他在说什么：我给自己买的每辆车，我去年夏天在罗马买的一块金表以及昂贵的订制服装，和拥有这些东西相比，我想拥有这些东西的愿望更让我感到幸福。我明白了真正的幸福是我寄托在物质愿望上的一种感觉。“确实。”我一再小声对自己说道，“是这样。”突然我意识到一个基本问题：“既然每个人都可以使自己幸福，那世上为什么还有那么多不幸福的人呢？”“问得好，朋友！”罗伯说道，之后他平静地回答说，“生活需要勇气，要想得到真正的幸福，你就需要很大的勇气。你要有勇气说出事实，原谅那些执迷不悟的人；你要有勇气帮助他们，即使他们可能永远不会帮助你；你要有勇气卸下你的面具，展现你真实的情感，相信爱而不是恐惧。”

“生活中其实只有爱与恐惧。如果你有勇气选择爱，你将会永远幸福。如果你相信爱，那么任何邪恶的话语都会立刻失去它的力量。无论在宗教信仰还是哲学上，每位大师都知道这个秘密，并带着勇气去爱，尽管恐惧无处不在。爱让他们永生。那些有勇气去爱的人会永远幸福。杰森，不幸的是，没有人能真的很勇敢；令人悲哀的是，这也不是每个人的责任。”

“你这是什么意思？”我问道，并开始思考我自己的生活，思考一些我不够坦率的时刻。我也带着一张用来隐藏自己缺乏安全感的面具，恐惧代替了爱，借此来掩饰我的幸福。

罗伯讲到变成每天藏在面具下的人的危险。“我们要变成我们预先设定的那个人。终有一天，我们在摘下面具的同时会感受到皮肉撕裂之苦。勇气一定比疼痛更重要，但错误的环境可能会毁掉一个人的勇气，比如童年时期或者社会的影响。广告经常向人们展示他们看起来应该怎样，他们应该穿什么，开什么样的车才能使他们幸福。这是虚假的承诺带来的永恒发展的故事。找回幸福的第一步是要有中途下车的勇气，放弃自己的角色去爱别人。你看看我，我拥有过一切，但我这辈子从未有过这么大的勇气决定放弃一切并重新开始，把真正的幸福作为目标。这是我人生中最重要的一步。”

你的幸福由你出于爱心而给予别人幸福来决定。

你得从你自己做起，找到真正的幸福，重新学会爱你自己。只有这样你才会让别人幸福；只有这样，你才会爱别人，只有付出的人才能得到回报。你为那些无法为你做任何事的人所做的事成就了你真正的品格。你可能永远得不到你想要的，但你能得到你付出的东西。

我觉得我知道罗伯在说什么，即使我从未听他说过这些话。他似乎在向我揭示真相，这些真相我之前从未听说过，现在我已心知肚明，况且我是真的来了兴趣。

“我怎样才能得到内心的快乐呢？有技巧吗？”我问罗伯。

“关键一点是为了付出而活。我在纽约的时候学到，即使一个人表面看上去拥有了一切，他的内心仍可能极度空虚，就好比我身上有洞一样。”

我知道他在说什么。“杰森，每个人身上都有这些漏洞。恐惧、悲伤、孤独、不安。这些漏洞你不能从外面补，请相信我，因为我试过了。金钱、性、权力、汽车、衣服、药物，它们都无济于事，只会让漏洞变得越来越大。”我看到那些人，他们痛恨自己的工作，借钱买东西为的是过上幸福的生活。他们借了钱，不得已更加卖力、更加长久地在一个他们所不齿的工作中出力。金钱由一个个数字组成，而数字永无止境。如果你在数字中寻找幸福，那么你的寻找永远不会停止。满足了的物质愿望不会消失，它只会被另一个新的愿望取代。这是一条漫漫长路，永无尽头，即使你一心只想到达终点并活出自己的梦想，别无奢求，却让幸福永远遥不可及，这着实令人心痛。

“我们怎样才能脱离这条永无止境的漫漫长路呢？你是怎样做到的呢？你是如何填补那些漏洞的呢？”罗伯抬起头轻声说：“在路上，我帮助别人活出他们的梦想，我也活出我的梦想。付出、分享、期待别人的喜悦与成功！每天都给那些人你真诚友好的力量，你的灵魂就会治愈你内心最深的痛苦。朋友，世界上好人很多，如果你还没找到，可能那个人就是你自己。如果你不能给自己带来幸福，那就给别人带去幸福，剩下的也就随缘了。每当你的选择与你的个性一致，你的自尊心与自信心就会得到提高。你需要的，只是你最纯洁的天性和你的心灵。”

“你能不能再具体一点告诉我，我该怎么做才能让我因为我的决定得到更多的尊重？罗伯，我想，我还是不太明白。”

“朋友，向陌生人报以微笑。”

“什么？”我难以置信地问道，“这对我来说不足以改变我的不安全感和焦虑，这听起来太容易了。”

“很多让人开心的事都很简单，但这不意味着这些事会自动实现。人们总会忽视那些简单的事情。你是否希望你有机会第一次和某人见面？展现你的真诚友好，就能感受到最真实的人际关系。我们基本上都是一样的，朋友，同一个太阳温暖着我们，我们呼吸着相同的空气。你感受到的联系越多，就越能够体恤他人，越能得到别人的关怀与同情。杰森，扪心自问：你最后一次对陌生人笑是什么时候？”

他说得对，我好久没有注意到我周围的人了，也从来没有对他们微笑。“试一下吧！”罗伯咧嘴笑着说，“你选择哪个人不重要，重要的是要笑得真诚。他人在你对他笑的时候有什么感觉，这种感觉往往比你认为的含义深刻。”

我突然很紧张，我觉得自己被监视了。我现在明白罗伯说的是什么意思，正如他说要有勇气去做那些看似简单的事情。要是不对人报以微笑，继续忽略周围的环境，继续像往常一样，这就更简单了。但我信任罗伯，在登机口 C30 旁我环顾周围，航班 691 次上的所有乘客都坐在我们周围，这看上去是一幅由不同的人构成的图片：商人、家人、年轻人和老年人。我的目光停留在一位年老的女士身上，她看上去很友好。她似乎注意到我在看她，于是我们的目光交汇。几乎从身体上我能清楚地感觉到我们注视着彼此。一种我之前从未有过的感觉袭来，我真的很紧张，我深吸一口气，看着她微笑。我无法形容发生的一切，我仿佛在慢动作中看到她是怎样撞上我的微笑并对此感到很吃惊。她很开心并对我回以微笑。我们一起创造了独一无二的快乐与幸福的力量，这种力量为我们彼此共有，我们在那一刻一起创造了自己的幸福。

我心里很感动。我们目光分开时，我深受感动。我很高兴，很兴奋。我付出了一些东西，证明了自己的勇气，重新找回了真正的幸福。罗伯看着我，撇着嘴笑着对我说："很好，朋友，你学得很快！创造幸福是你人生中最重要的课程之一，同时它也比你想的简单得多。一个微笑可以开始一段友谊，一句话可以结束一次争吵，一个眼神可以拯救一段关系，而一个人可以改变你的生活。"

离起飞还有 6 小时 10 分钟

我无法停止微笑，彼时我感到幸福，也更清醒，满满的愉悦充斥着我，同时我感受到一种想要行动的紧迫感：我想深入体验这种奇妙的感觉。我意识到，刚才的我经历了什么。正常情况下，飞机延误的时候，我都会阅读报纸上的经济版或是思考即将到来的会议，但现在我却被这个男人的故事深深吸引，也为他在卡胡卢伊岛上的生活历程所痴迷，这多么难以置信啊！我无法停止想象，想象着罗伯是如何在夏威夷的海岸边从那简朴的冲浪者身上学会了神秘，如何感化我的生命。感受越来越深，我更加清晰地理解到：长时间以来我都与自己的激情和喜悦背道而驰。

“罗伯，我感觉棒极了。你还有更多行之有效的技巧吗？”在我问这话的同时，罗伯已不是上扬嘴角或是蜻蜓点水般的微笑了，而是咧开嘴角开怀大笑——他为我的幸福感到高兴。紧接着他点点头对我说：“朋友，我当然还有更多的技巧，我也很乐意分享给你。但你首先要答应我，告诉其他人，你今天都学会了些什么。这些技巧帮助你如何创造幸福，如何带给他人愉悦，一旦结识新的朋友，你便有义务和他们分享，这样会有越来越多的人喜爱你！”“好的，一言为定，罗伯！”我快速回答他，我甚至已经开始考虑应该给谁讲述罗伯的故事和他的一切。我认识的人数不胜数，他们总会为生活中更多的幸福感到喜悦，这于他们而言至关重要。我清晰地察觉到，罗伯感受到我的激动，他很清楚，在这次旅程中学到新东西的我是多么渴望把一切都付诸行动。

罗伯开口道：“给予比他人想象中更多的东西吧。”“你怎样看待这个呢？”我对此不是很确定，于是问道。“我说的是无私的奉献，朋友。当你能给予别人远大于你自身所能给予的东西并不求回报时，你便获得了真正的自由。将自己从想占据更多东西这般的愿望中解放出来，降低你的要求，就能无拘无束地真正甘于奉献。”“我想我不太能跟得上你的思路，罗伯。什么才是真正的奉献呢？”“朋友，回忆一下吧，那些瞬间，那些你全心全意想把一切都给予某人的瞬间：或是一份礼物，或是一份小费，或是一句和蔼的话语，或是伸出的一份援手，又或者是一个真心的微笑。就如刚才你给予那位老妇人的微笑一样。这些感觉会告诉你，真正的奉献将带给你怎样的感知。在所有你做过的事情中去寻找这种感觉吧，给予他人无法想象的更多的东西。你会看到，这种无法描述的美妙感觉将会伴随你度过美好的每一天。”

罗伯的话语不禁让我回忆起一幕幕往事，我本想给予别人更多的东西。可是当我思考当时为什么没有那么做的时候，罗伯之前的话语跃入我的脑海：我缺少给予他人东西的勇气。“如果人们害怕，是不是意味着能够给予别人的东西就会变少呢？”问完后，我马上意识到，罗伯必然会明白，我这个问题不是说别人，而是我。“当然，朋友！”他大声回答我，“你提出问题的方式说明你的恐惧有多大。你的恐惧影响你的话语、行为、梦想以及所有的幸福。因为你周围的世界只是对你自身的映衬，当你认识不到自己的不足而且无所改变，你就只会看到别人的不足。只要有勇气，就敢正视自我，享受真实的人生！”

“你常提及面具这个词，”我说道，“缺少勇气的人都会戴着面具生活吗？”“是的，朋友，大多数人都活在恐惧的面具之下，你四处看看。”他如此说道并让我将目光投向登机口 C30 和旁边相邻的候机大厅。我朝人们望去，看着他们走来走去，感受到他们因延迟起飞而倍感压力，却极少看到人与人之间真正的接触，每个人只是不停地踱步——奔波于世界各大机场之间，我看起来是否也因为着急而这样呢？或许也是这样的。所有人都想干大事，可是忽略了这个世界是由无数小事组成的这个事实。“朋友，到处都能看到面具，比如昂贵的订制西装、裙子、光鲜亮丽的面庞、数不胜数的头衔以及名片等。人们把自己隐藏在步履匆匆中，隐藏在冷漠、自私和残酷的面具背后。如今，人们的目标已然是如何在面对中伤、嘲笑和尖酸刻薄时保护最深处的自我。人们的伪装和面具在保护自己灵魂的同时，却使真实的自我荡然无存。”

他的话语使我再次明白：我为自己搭建的职业生涯、对权力与声望的追逐、身着私人订制西装出没于高档酒肆，这一切都是虚伪的。我和我的同事每日的交流只是例行公事，我们从未真正向对方敞开心扉。“你拜访同事吗？见过他们的妻子和孩子吗？”“有过，上个月还参加了我们非常年轻的人力资源经理瑞安的婚礼。”我回忆道。“那么，那时的瑞安是怎样的呢？和他工作时一样吗？”我短暂思考后回忆起我们欢闹的气氛，那时的我们是如何开怀大笑并乐在其中。“不，不一样。”我回答罗伯道，“他跟之前完全不一样，那个晚上他仿佛变了一个人似的。”“朋友，只有感到幸福、感到安全的时候，我们才会卸下面具。放纵自我、夜夜笙歌时，只有当我们和朋友、家人在一起或孑然一身时，我们过的才是真真切切的生活。”

然而最大的问题是，人们一直认为工作中得戴着面具，好似唯有这样，才能获得成就，才能让人觉得你很努力，才能受人尊敬。这样做的确更容易，好像人们感受不到任何情感，哪怕你正和别人面对面说话。然而真相却是：当你做自己，当你卸下面具，当你脆弱敏感时，你才会受人尊敬。只有表露真情实感，才会幸福。谁能表达自己真正的情感，谁就能感受到真正的情感，俗话说得好：要想吃鸡蛋，先得剥蛋壳。

罗伯，这位首席执行官兼冲浪运动员，此时此刻和我站在登机口 C30 旁，和我说的每一句话都深深地吸引了我。我想我应该更多地按照他的话去身体力行，我也感到，和他探讨的每一个新问题都打开了我通向未知世界的一扇大门。“为什么每个人都要戴着面具呢？为什么活不出一个真我、不能做最好的自己呢？”“朋友，看到那边那个男孩了吗？”罗伯指向一个约五岁的小男孩，在登机口

C30 的另一端玩耍，紧靠大玻璃窗，刚才我买咖啡的咖啡馆也离大玻璃窗不远。透过玻璃我看到机场跑道在阳光下熠熠生辉。那个男孩手舞足蹈，在椅子之间爬行穿梭，不亦乐乎，光是自娱自乐就足以让他欢呼雀跃。

“他看起来那么真实、那么自我，唯有愉悦和幸福与他为伴，天真、纯洁，每个人都有这样一份童真。但很快这个孩子就要去上学，照别人要求的那样在学校里直挺挺地坐着，仿佛唯有这样才会成功。想象力被无情打碎，而他自己也将被大人按照他们的标准加以评判：他的身体、感情和心灵以及快乐在为他预设的世界中荡然无存。先学习，后玩耍。孩子的激情渐渐泯灭，双眼变得木讷呆滞。未来，他终将忘记，曾几何时还是孩童的他如何欢呼雀跃、轻松自如地在机场淘气地玩耍，度过他人生中最美好的年华。朋友，不久之后，他也像别人一样戴上虚假面具，毫无二致！”

谁心中没有过这样的童真呢？我们只需回忆往昔，摘下伪善面具，唤醒心中童真，享受美好瞬间，短暂修整一下。哪怕仅仅是短短一瞬，停留在当下，听听心中如孩童一般爽朗的笑声，切莫总是追名逐利。短暂的瞬间给予我们无限的潜力，教会我们如何给予他人幸福、带给自己幸福。你如果也想这样做，那就不妨在每个年龄段把自己想得年轻点，这样就会重新找到内心的童真。有些人人老心不老。时间和成就是人为打造的概念。孩子们生就内心纯洁、勇敢无畏、富于想象。生命中的前 20 年让他们淡忘了一切，埋葬了梦想，强迫他们戴上虚伪的面具。既然如此，我们就应该在人生接下来的 20 年寻回那一丝纯粹，找回那无限的无畏、纯真的梦想、巨大的想象和真诚的爱心。生活就像一次旅行，我们终将回归自我。

罗伯尝试过改变他为人处世的方式，不久，他便清晰地感受到变化并找回从前的自我，他感到无比幸福，紧随而来的还有强壮的身体、清澈的灵魂和无穷的创造力。他内心的变化从外部清晰可见，生活也今非昔比。为了捡拾几个汁水较多的果子，他会用尽气力晃动大树，内心的童真跃然而出，让人念念不忘、历历在目。

“罗伯，你说生活不该随着人的死亡结束，而是应该随着人的出生而终结。”我已固化的世界观浮上脑海，这与罗伯所说完全不一样，这使我迷惘，“罗伯，社会应该为人们感受到的恐惧负全责，这简直就是阴谋论！”“朋友，恐惧奠定了整个体系和制度，自古以来就是这样。假使你想卖掉什么东西，那你最好让这个过程通过恐惧来实现。世界由恐惧构成，好比我们的广告策略利用人们的恐惧心理一样。再譬如，你穿的昂贵西装也不是因为它的面料多好而畅销——我估摸着你要告诉我这西装面料有多好。可是，朋友！你购买这套西装只是被你的恐惧所利用：你害怕没有这套西装不会被别人接纳，会显得不够强大，不够成功，没有归属感。”

罗伯说得一点没错，我再次上下打量这套私人订制西装，回忆着买下它的情景。当时，我是多么坚决，非买下这套西装不可；假如没有这套西装，同事和客户如何评判我。这一切的一切促使我买下它。紧接着，我又继续思索长久以来的生活以及被恐惧所笼罩的各种事情。我自诩努力上进和开诚布公，可我是否因为恐惧才奋力拼搏呢？就像早晨我和丽兹探讨我的工作一样，我是否因为恐惧才表现得温柔和蔼呢？事实上，我很少回家，即使在家，我也易怒、急躁、冷漠。我常常怯于承认我无法从工作中获得幸福感，这种恐惧让我无法再为自己的决定辩解。我不去承认，只是担心我是错的，只是为了让我表现得很强大，就好像一旦认可这种恐惧，我就会软弱无助似的。

“朋友，你若有勇气放下过往一切，问题就会迎刃而解。我知道，这听起来很荒唐。长久以来，我们被灌输幸福可以用钱来买或者可以巧取豪夺的思想。放下一切看似错误，可是这种释然才能让你获得幸福。”我深受触动，可是依然迷茫，于是我问道：“如果放下一切，又该如何功成名就呢？我很有抱负，正是这些抱负让我实现一个又一个目标。如果听你的话，我想我会因此变得步履蹒跚，那些目标也将无法实现！”他回答道：“朋友，你不要总是把自己的快乐构建在目标上面！你应该为你不断进步而窃喜，也应该为每一个目光、每一个瞬间而欣喜，更应该为你不断成长而高兴，这才是真正的乐趣与幸福。相信这样的感觉吧，信念才是基础，没有信念这世界就像齿轮无法转动一样。由于不值得别人和自己信赖，我才停止了过往的一切，这不是因为我变成坏人，而是因为我的内心不再为物所动。杰森，内心往往比大脑强大得多。”

“真是这样吗？我无法相信！可是我们所有的行为都受大脑支配啊。”我说道。“朋友，科学已经证明，心脏发出的电磁波比大脑发出的命令强千百倍。有人真正关心你、全心全意爱你时，即便你身处他乡，你也可以真实感受到它，真心实意是无法隐藏的。与之相比，大脑就差得多了，这与你的大脑有多发达毫无关系，真情实感无法被高智商所取代。当我终于能够理解时，我就能坦然放下一切。如果心不在焉，如果不能享受瞬间、享受当下，那么就该适时放手了。”

罗伯说到“当下”这个词时，我侧耳倾听。以前，我常常阅读心灵大师的作品，他们也常提到当下的生活是多么重要。而“活在当下”①等等诸如此类的精神读物从未真正提起我的兴趣，但罗伯过往的成就令我着迷。尽管我对他知之甚少，我却信任他，尊敬他。

①原文为拉丁语。译成中文，相当于“及时行乐”，“今朝有酒今朝醉”。

“那么，罗伯，你是怎样做的，才在当下获得那份幸福呢？”“杰森，这真是个好问题！”罗伯夸道，继而在他的背包中翻弄着什么。不多时，他从包中拿出一个黑色小笔记本递给我。

离起飞还有 5 小时 53 分钟

翻开笔记本，数不清的纸上除了写着满满的笔记、标注、奇思妙想以外，还有一些贴上去的照片。“这是我的日记，我每天都在上面记些东西。”罗伯解释道，“每天翻看这本日记，我就会被提醒不要忘记生活的每个瞬间，每天都要反思。”

这勾起了我的兴趣，我想再多了解些：“那你怎么思索那些瞬间呢？你又会在这本日记中记录什么呢？”我再次向罗伯提问道。

“每天我都会回答自己提出的几个问题，这些问题让我过上幸福而知足的生活。学习让我学会享受生活，享受生活中特别的瞬间以及为之而愉悦，这个过程也让我有了和自己对话、倾听自己的机会。”罗伯讲述道，他不时扪心自问，倾听灵魂的呐喊、内心的呼唤，这不仅是一种能力，更是一次深入内心的旅行。他接着说：“翌日晨起时，我常常问自己几个问题，这是一次真正的与自我的对话，一次自省远胜于他人的千言万语。”

罗伯把他完成自我转型的秘诀教给我。他还告诉我几个特有的问题，这些问题促使他重视生活每个瞬间，帮助他减少焦虑和压力，更能让他在浮躁且光怪陆离的社会中停下脚步不断思考这些问题：人活着应该感谢什么？为何骄傲？为何激动？谁爱我，我又爱谁？为何站在这里？今天我能帮谁？今天我克服了哪些恐惧？今天我该做些什么？明天又要感谢什么呢？

“这一系列问题帮助你发现生活中特别的瞬间，并切实享受它们。”罗伯如此说道，“每日清晨时分，万物静谧，这些问题会让你找到度过闲暇的光明大道。而我在起床前就开始思考该对哪些人心存感激。我看见他们喘着气、一个一个出现在我面前。我也一再告诉他们，我要感谢他们。朋友，还有什么比听到这种话语更美妙的事吗？”

我再次被这般话语迷住，仅是这一两个简单有力的问题就已经带给我一波暴风骤雨般的冲击，仿佛脑海中进行着一次旅行，这次旅行将我引向不曾踏足的未知。生活中充斥着逻辑学、分析、优化、字斟句酌的话语以及我所扮演的完美角色，这让我止步不前，同时也让我失去了思考自我以及生命中什么才是好问题的能力。我情感迟钝，想象力与以往相比也所剩无几。就在我思索罗伯的感恩理论时，我想一切都发生变化了。

“知恩图报会改变事物的进程，意思是说善于发现别人看不到的东西。”罗伯说道。紧接着，他继续给我讲述如何在卡胡卢伊那一望无际的沙滩上学会于万千平常事物中找到上苍馈赠的礼物。那些在沙滩上冲浪的年轻人总是能在看似消极的东西中找到积极阳光的东西。“这些年轻人从不沮丧，晚餐后他们和同伴一起打扫卫生，这令他们快乐。哪怕他们必须上交税款，他们也知足常乐。他们为有这样一份工作感到幸福、骄傲。”罗伯讲述着生活中那些琐事，它们被认为理所当然，可是人们总是忽视它们存在本身就是奇迹，哪怕它们不厌其烦地期待着人们发现它们身上的光芒。

罗伯的知恩图报令我感动，但我不敢窥探他的内心深处。我常有这种感觉：尽管机遇颇多，我依然无法真正体会幸福、心怀感恩之心。现在我迫不及待地想知道答案：“罗伯，怀有感恩之心为何这么难呢？”

作为广告和市场营销专家，罗伯对各种心理模式十分在行，唯有这样他才得以作为领头羊将策略和宣传发挥到极致。“有几个主要原因。”他说，并首先谈起期望值与预期一致的现象。心理学中有种模式，人们不断对新环境抱有期望值，再特殊的事物终将归于平淡。“朋友，周遭环境发生改变的时候，人们的要求也会随之改变。想想你以前，你渴求得到今天已经拥有的东西，当时被视为奢侈品的东西今天再也平常不过。”罗伯话音刚落，我想起我的第一台汽车，那是一台黑绿相间的破旧车，车牌上挂着一只可笑的海豚挂饰，坐垫甚至已经被划破，但它曾是我全部的骄傲。如今，那台深黑色豪华汽车上的空调运行不畅令我苦恼。“富人们总觉得自己不够富有，即使站在这座山上视野不够好，也总是随意买下它，而且还乐此不疲地和其他人攀比一番——这是一场永无止境却被他们玩弄于股掌的游戏，这场游戏没有赢家，”罗伯说，接着又补充道，“善于攀比的习惯和习以为常的心理才是人们不幸福的罪魁祸首。”

“朋友，富人们虽然人数不多，可他们却是有史以来最富有的人，足以抵御各种危险。他们老死不相往来，生活在小套公寓里，过着离群索居的生活，彼此之间没有亲密交流，对发自肺腑的交往兴趣所剩无几。冒着失去真正的快乐和感恩之心的风险，他们心安理得地追求健康、友谊、职业和安全感。”“为别人做点好事。”我轻声说道。“吃着碗里的，看着锅里的。这种心理驱使他们不愿付出任何东西，自己都不够用又怎会拿来给予他人呢？只有知足常乐的人方能奉献。”罗伯向我解释道。

“你的日记中还写了些什么呢？”我急不可耐地问道，“日记本上贴的照片和你又有什么关系呢？”罗伯拿过黑色的日记本，翻开它，前两页的左侧写着几个词语和短句，右侧贴着许多照片，似乎就是拼贴画。在那些照片中，我看到了白色的沙滩，看到从阳台望去一望无际的蓝天和葱茏的田野，看到被橄榄树遮蔽的街道，也看到在风中摇曳的花草。看着照片，我回忆起托斯卡纳①的风景和度假屋，年少的我和父母在那儿度过快乐的夏日时光。照片颜色是那么鲜艳，仿佛一切活灵活现。一张张翻着，我看见绯红的落日、湛蓝的海水以及开怀大笑的家人。

“朋友，日记前两页是我生活的基础，也是我不变的永恒：这两页写着我的价值观、我的目标，两者并行不悖。没有价值观的引导，目标就会失去意义。”“罗伯，我曾有过很多目标，现在依然如此，可是我怎么知道这些目标其实毫无意义呢？”

“你的目标必须和价值观一致。假设有一天你想买辆昂贵的跑车，可是你的价值观却在不断提醒你要勤俭节约，那么这个目标就毫无意义。未来你需要明确，你的价值观是什么，力挺什么，相信什么，哪些品质影响你并鼓舞你。每天照照镜子、睡前问问自己，想从自己的回答中听到什么答案，想从自身得到哪些思考。接下来把这些足够影响你的品质写在日记本的扉页，晨起日落之时不妨拿

①度假胜地。位于意大利中部，以丘陵、葡萄园而闻名。

出诵读一下，我自己就是一个相信视觉并有所感悟的人，所以我想这是一个好主意。对于自己成为一个什么样的人这个问题，如果没有明确的想法，那么你就容易受别人的摆布和左右。你的自我价值观一旦确立，无论是有形的还是无形的，你都可以随心所欲确立你的目标。你可以提出以下问题：在哪些事上中途下车？做出哪些改变？成为什么人？实现这些目标，该做何努力？”

“确定目标后，每日翻看，让目标深入内心，继而实现它们，不是吗？”“真是这样！你理解得很透彻。再次看到目标时，就是目标实现的时候。这不是说存在着某种魔法，而是你下意识地积极地赋予这些无形的东西以生命。尊重你的价值观，追随你现实生活中的目标继续前进，不时审视自我：我到底想完成什么？同时坚信自己一定能够成功。”

“那么上述一切都要写在日记里吗？”我问道。“是的，就像一份检验单。很简单，只需问问自己：今天做些什么才能最大限度过好这一天并朝目标前进？朋友，世界上很多人能在很短时间内写完一本书，出版一本书就是最有价值的目标。每日要做的就是雷打不动地写上两个小时。这种规律让他们获得了无穷的力量。”

现在，我明白罗伯的思维逻辑是指形成惯例，然而作为企业咨询顾问的我在工作中需要的却是灵活多变。罗伯所说每日雷打不动、例行公事的做法不适合我：灵活多样与亘古不变水火不容。于是，我又问道：“每日重复一件事情难道不会让人觉得无聊吗？”罗伯笑了笑，说道：“你可别把雷打不动的惯例与千篇一律的单调混淆了。即便我的日记是例行公事，但我能在我的日记中列出每日要做的事情并且身体力行，这样每天的生活才有意义，自己才会感到幸福。这样的生活无限自由、变化多端，千篇一律的东西只会打着安全感、认同感和归属感的旗号潜入你的生活。如果每天不对要做的事情加以改变，你的生活又怎会得以改变呢？不断追求安全感不是开启你满意生活的钥匙，寻求新的可能，在日常琐事中实现你的价值，发挥你丰富的想象，这样你才会潜力无限。也许现在你还不明白，终有一天，你会懂得，‘在循规蹈矩中控制自我才是真正的自由’。”

离起飞还有 5 小时 38 分钟

我环顾四周，观察着登机口 C30 附近形形色色、来来往往的人。纵然我一直在世界各个地方、各个旅馆间穿梭，我仍然能够感受到罗伯刚刚提及的单调生活。而他，一个嬉皮士兼冲浪者，背着行囊从一个海滩穿梭到另一个海滩，生活既循规蹈矩又轻松自由，就这一点来说我自愧不如。他虽一无所有，但却可以感受真正的自由。我突然明白他说的安全感受到威胁的意思。我倍感压抑，同时从与罗伯的谈话中又获得无限的想象力。

我感觉体内有种非同寻常的力量，仿佛我从罗伯那里获得了生活秘籍，就在机场登机口 C30，仅仅因为航班延误。也许命中注定我会结识罗伯从而倾听他的心得。我本不相信命运，可是我注定在这样一个节点听到他对生活的认识。一切突然物有所值，我对一切看得比以往更加透彻。我得感谢罗伯。“罗伯，你知道吗，我之前从未认真思考生活。迄今为止，我过好每一天，简简单单、起起落落，然而我却无法真正领悟生活的真谛。我也从未想过我的价值观，它们与我的目标何干，幸福是什么，如何给予别人幸福，我是否自由、是否安全等。我感觉我刚刚领悟生活的意义。我该如何感谢你呀，罗伯？”

罗伯嘬嘬嘴微笑说：“朋友，我过去一无所有。问题不在于你知道什么，而在于你做些什么。知识没有灵魂，它们绝对不会令你有满足感，它们也不会引导你理解生活的真谛或者要求你改变生活。生活只要求人们每天按部就班地做事。”

“行动是我的座右铭，这不是问题，”我说，“即使有问题，与行动和力量相比，我常常缺少感觉。在这方面我早想有所改变，甚至改变得多一点。为此，我做了很多工作，我也能很好地领悟我的感觉。我总是一而再、再而三地体会到愤怒、友爱、意志、恐惧——这一切不言而喻。”

罗伯看看我，放慢语速，朝我弯下腰，好像要对我耳语几声。我侧耳倾听，他再一次给我讲了把控自我、不受伤害、得心应手、从容应对的技巧。“你体会到的感觉只是反应。当软弱的灵魂无法控制反应时，它才会做出反应。朋友，反应是软弱的，行动是强大的。”我越来越激动。难道罗伯不明白我说的话吗？难道他看不出我是一个主动、敬业的人吗？“罗伯，我就是这样做的！我是一个成功人士，我也知道我在做什么。”

“知道反应的时候做些什么呢？你的行动容易揣度。朋友，我告诉你：生活中有飞行员、旅客、实干家和经理。朋友，你属于哪一行呢？”

“罗伯，我干很多重要的工作，所以我是实干家。”我的眼珠转了转，心里想着这算什么问题啊！

“你无须对我言听计从，朋友，你的注意力是对我们对话的反应。说到你的工作，千万不要把艰难费时的工作与重要的工作混为一谈。‘当下，人们为了工作而工作，很容易忘记真正重要的工作是自省。’

要想幸福、成功、有所改变，就得干点啥。如果你不改变，它就不会改变什么。改变取决于你，否则，你又会把老问题带到新工作中。”

罗伯与我相对无语，罗伯的话是对的，他好像了解我的内心。我的生活总是重复同样的场景，只不过景中之人不同罢了。我与妻子丽兹的那些问题，在我和别的女人交往时也发生过。同样的讨论、同样的话题——总是指向同样的行为。如果真想有所改变，就得首先改变自己。“如何改变呢？”于是我轻声问罗伯。罗伯答道：“这个问题是所有问题中最难的问题，也是生活中最重要的问题。你的身心、你的本性都会感到一个无与伦比的新动力。只有它来临的时候，你才能感受到。”

我紧张起来，我能感受到罗伯所说的，就好像极富正能量的一束闪电穿过我的身体。在登机口 C30 发生了什么事呢？我还从未真正体会这样一种感觉。“你说，发生的时候我会感受到它。我会感受到它吗？”我疑惑不解。“朋友，不仅如此。你会明白什么是生活，你得扪心自问，你过去是如何生活的。之后你会重新投入你的生活、每一个瞬间。你会永远微笑，就这么简单。”

罗伯讲到了改变事物的重要性。如果没有改变生活的意识，那么什么也不会得到改善。他说，真正的想法总是先于持续的改变。

为此，应该想想，真正想要什么、不要什么，我过去是谁，生活应该如何发展。一旦不知道走向何方，就会误入歧途。

“改变至关重要。”罗伯提醒我说。改变是大自然最重要的秉性。漫漫寒冬之后就是春天和煦的阳光，而漫漫长夜、满天星斗、旭日东升预示着世界的诞生、新的一天的开始。“朋友，你往何处去？你要什么？你到底是谁？你究竟会什么？什么令你幸福，什么令你悲伤，什么令你愤怒？这些问题的答案会引导你回归自我。这些问题货真价实。在外界改变你对世界的认识之前，它们将会告诉你，你曾经是谁。”

想着罗伯刚才提的那些问题，我试图将我的生活条分缕析。对我来说，这一切好似哲学一般晦涩难懂，相反，数字和事实对我来说司空见惯。“罗伯，我该怎么找到答案呢？”罗伯只是现在才盯着我看。“杰森，不要用头脑思考，而是去感知发生的事情。头脑是有限的，心灵却是无限的。也正如此，你才到这儿来反思你到底是谁。整个生活都会做你坚强的后盾，你会结识朋友，经历事情，感受痛苦，重新体会内心的美好，它们要么未被发现、要么早已被遗忘。痛苦和恐惧常常是你踏上正途的写照。一个人只有感到痛苦，才能体会到什么是真正的同情心，才能认识到别人的痛苦，就连孩子也知道同情心是道德的底线。生活赋予你故事，故事让你与同情心息息相关。你心中的童真当然知道这些，它过去也知晓这些。只要提出这些问题，我们就能想起它们。逻辑、智力、一致性、自己的面具以及空洞的毫无价值的自我认知只能提出问题，无法回答问题，所以它们无所作为。虽然提出问题比找出答案困难，可是我们的社会总是对问题的答案，而不是对提出的问题加以褒奖。”

听完罗伯说的这些话，望着他走向候机大厅的背影，我大口喘着气，目光扫过登机口 C30 附近的乘客，最终停留在另一侧一个在玩耍的孩子身上，他大笑着无所顾忌地享受着此时此刻。我与神秘商人兼冲浪者罗伯之间的对话仿佛做梦一样。我陷入沉思，无数画面历历在目，信息庞大，可是实实在在。我本该知道许多新点子，却真真切切忘记了它们。只要一想起，我就无法忘记它们。我深感有必要把这次谈话内容保存下来，于是把它们写在一张报纸上。

魅力

恐惧和爱二者择其一。选择爱，你就会幸福。

生活中最美好的东西不是物质。

真正的幸福来自内心。

如果我们幸福，面具就会卸下。

重新发现心中的童真。

你的头脑是有限的，而你的心灵是无限的。

切勿消极等待！积极享受生活！

生活是否幸福取决于你是否给予别人幸福。

向朋友、陌生人报以微笑。

反应是弱小的，行动是强大的。

短暂休息，一切都会重新开始。

邂逅玛利亚

发挥想象，书写人生

一想到还没有寻获丢失的证件，我被迫暂时搁置沉思、宁静和满满的获得感。与罗伯的谈话使我一时忘记了继续寻找我的证件。我朝盥洗室走去，我的钱包或许就是在那儿从口袋里掉了出来。走进男盥洗室的时候，情急之中我才看到入口处挂个牌子，上写“当心滑倒”四个字。地板刚刚打扫过，脚底打滑，就在几乎失去平衡时我恰好扶住洗脸池。

“噢，对不起，先生！”我听到一个温柔年轻的声音说道，这个声音似曾相识。根据口音我猜她是西班牙人或者南美人。事实上，男盥洗室锃亮如镜的地板上站着一位女士，她满脸微笑，用拖把撑着身体，正用亮晶晶的棕色眼睛看着我。她约三十岁出头，橄榄色的皮肤，个子娇小，身材苗条，有一头浓密的棕栗色卷发。她系着围裙，佩戴姓名牌，这次我看见上面写着“玛利亚”三个字。我马上想到，玛利亚真的很漂亮，好像在哪里见过她。刚才在盥洗室我踩在光滑如镜的地板上几乎失去平衡时，幸亏抓住了洗脸池才又慢慢站住，现实与理想之间的差距瞬间变得模糊不清。

她举起左手，再次用带着不易混淆的西班牙口音道歉：“对不起，先生！”说话时，她满面笑容，真诚而感人。我挥挥手，回应道：“没关系，别在意！我在找钱包，黑色的皮夹子。飞机票和护照都在里面。玛利亚，也许你看见了？”

玛利亚笑了笑，小声咕哝着将头转向一侧说道：“不，先生，我没见过。你怎么知道我的名字？”“就在姓名牌上。”她看看姓名牌，马上开始大笑，真诚而又兴奋。我不由自主地笑了起来，两个人的目光交汇在一起。这时，她说道：“当然，你也知道了，我叫玛利亚。”她与我握手。“我叫杰森，航班延误了，东西也丢了。”我说道。“杰森先生，俗话说，塞翁失马，焉知非福？”玛利亚说道。“这是什么意思？”我问道。“航班延误了，钱包丢了。生活中没有什么事是无缘无故的。生活的艺术在于善于从看似不好的东西中找到闪光点。”玛利亚说道。

玛利亚，登机口 C30 处的这个保洁员，谈到奉献的重要性。她告诉我，对周围环境的自我解读足以令我们暂时忘记这只是一种解读。每当我放眼世界，观察这世界所呈现的一切的时候，我常常意识到大脑把一幅由过去、回忆和见解织就的五彩缤纷的图景强加给我，这幅图景如此可信，以至于我对人为的渲染常常视而不见。我也明白，我的感知并不是唯一正确的。我理解玛利亚所说的：一个好朋友的面容对于另外一个人来说可能是狰狞的面容。“改变你看待问题的方式，这样你所看见的问题就会随之发生改变，”玛利亚说，她同时补充道，“杰森先生，你会有意外收获的。”

离起飞还有5小时21分钟

我喜欢玛利亚对生活、对困难处境的绝妙见解，可是我很难把她的处世哲学照搬到我的处境上。“可爱的玛利亚，未来的几小时我困在机场动弹不得，就连最重要的证件也丢失了。你知道吗，如果找不到，我就无法如约参会。这可是一次特别重要的会议，我又不能缺席。就这件事来说，哪个是好消息？我怎么会有意外的收获呢？”玛利亚说的话好像我会失而复得似的。“许多人常常杞人忧天，”她说道，“不是现实而是那些负面想法让人们痛不欲生。每天多一点消极的想法，就会少一点积极的想法。有些人虽有主见可是不敢担当，不敢寻找意外的惊喜，反而视之如虎、畏首畏尾。”

玛利亚信心满满地说道，生活中我所感知的一切源于我的思想。一个人的灵魂就像富饶的耕地之于美丽的花园般重要，而我的思想由种子、太阳、水和好恶组成。我找不到遗失的证件，而这些证件又是我最急需的，此时此刻让我理解玛利亚所说的话确实令我为难。可是玛利亚活脱是她自己理论的真实写照。我得摆脱那些在我脑海中肆意作祟的负面思想，不经历风雨怎能见彩虹。对我来说无法做到的是，在这样一个明显不利的处境下我得装作积极阳光。或者这只是我自己的认识，正是由于这个认识，此时此刻的我才表现得消极颓废、倍感沮丧。玛利亚笑着说：“让我来告诉你！你得找到闪光点。这不是信手拈来的。你得花时间去找。你在生活中找到的闪光点越多，你就越能更好地发现它，就好像一架望远镜，用得越多就会用得越顺溜。评价事情不能简单用好或坏、积极或消极的标准，而是体验它们，真实地感受它们，这样才会从中有所收获。每件事都会让你获益颇多。每件事都蕴含一笔财富，你得自己去找。”

我不太能跟得上她的思路。显而易见，我不够主动。我盘算着如何找回我的皮夹子，而不是寻找什么蕴含在点点滴滴生活中的财富。“玛利亚，这听起来不错，可是我得找到我的证件。就算咱们的谈话生动有趣，我也无法摆脱现在左右为难的处境。我得干点啥！”

身子靠在清洁车上，玛利亚说道：“杰森先生，你虽然无法掌控这个局面，可是你总可以控制你的思想。我再说一次，思想的质量决定生活的质量。你的头脑好比你的房子、你的财富，保护它，不要让坏思想玷污你的灵魂。与那些进入你灵魂的不重要的思想做斗争。你生活中的一切都是由你积极的和消极的思想武装的。许多人任由情绪摆布，下雨时就生气。学会控制你的思想，它们既可以将你抛到不幸的万丈深渊，也足以将你送往快乐的九霄云外。你的好思想越强大，坏思想就会越早发现它们在你的头脑中无机可乘——就像机场的这片污渍。”她边微笑边用抹布将它擦掉。

这位娇小的女士用她平凡的处世方式感染了我。我很想知道，在她的头脑中美丽的花园或者财物究竟什么样，尤其现在，我满脑子沮丧，我也确实应该好好保护我的头脑。我窃窃私语道：一切都会好起来。可是，为什么我现在深陷困境，这的确需要反思。她的这个主意听起来不错。

我问自己，为什么一个机场保洁员会对生活有如此奇思妙想。于是我问道：“玛利亚，你怎么知道这些的？”她回答道：“我出生在哥斯达黎加南部一个小村子。我的家庭不富裕，可是我们的生活环境令人神往——那里富于诗意，热带雨林紧靠人迹罕至的白色海滨，深蓝色的海水，五颜六色的植物散发着扑鼻香味，动物欢歌笑语富有节奏感。我们生活的这个大自然无边无际，到处都有它们的痕迹，可是界限也无处不在。杰森先生，尽管他们并不富有，可是他们过着天堂一般的生活。大自然不攫取任何财富，却给予我们一切。大自然从不忙忙碌碌，可是守时如常。”

玛利亚关于大自然无限美丽的故事为光秃秃的机场盥洗室增添了一抹靓丽的风景，我几乎可以嗅到她所说的花儿的芳香。我一时沉浸在她的话语中不能自拔。

“从小我们就学会，为那些我们曾经拥有的东西感到高兴，而不要关注于我们没有的东西。只要我们能笑，我们拥有的一切就是我们所需要的。杰森先生，思想的力量无比巨大，无论身处何地，你的思想足以令你幸福。”

我得弄清楚一点，于是问道：“请问玛利亚，你现在幸福吗？就是此时此刻？”无论她所说的积极的思想有多强大，我无法想象，一个机场保洁员何以让人感觉幸福。“当然，杰森先生，”玛利亚大笑，操着西班牙口音说道，“我的生活如同一部电影，我总是尝试我的英雄我做主。这让我阳光、积极，并赋予我力量。过去让人们有所收获，未来给予人们前进的动力。”

我不明白，她在谈论她在电影中的英雄角色时，试图要告诉我什么。“请解释一下，你到底说的是什么意思。怎么像是在电影中？你是女主角？这个和你的思想以及满足感有什么关系呢？”玛利亚说：“英雄也是普通人，但他们选择的是与众不同的生活、更多的信任以及成为一个幸福的人。真正的英雄无须赞赏，即使没人会与众不同，他们也会自我赞赏。”玛利亚信誓旦旦地说，即使这个人就是自己，相信自己也就足够了。这位女士已经将这个“我不能”

转变为“我能”，并为梦想规划未来。她的思想力量使她坚不可摧、无法阻挡。

“杰森先生，想象力在你自己的电影中无边无际。没有规则约束你，你把你的想象力设计成什么样子，它就是什么样子。想象力如同小鸟展翅翱翔在天空，你的生活扣人心弦。你突然在做之前无法企及的事情。”

“你说的是哪些事情？”我问道。

“在我的电影中我就是主角。当然，我十分勇敢、幸福、真诚、纯粹、友好和无畏。”

玛利亚说着，仿佛我在她的眼中看到她的主角形象夺目而出。她说她具有她电影中女主角的所有性格特征，因为她每天就生活在这部电影里，她自己的电影里，就在这座机场里。醒来时，所有梦想都已实现，仿佛梦想成真。

这个娇小、令人瞩目的女士告诉我，一个电影主角在机场数不胜数的各个大厅、在登机口 C30 能干些啥。受制于想象力，现实走了样。现实在人们的行动中唤醒了他们对于生活的渴望。在心灵深处他们目睹过那些看似高不可攀的事情，可是现在他们干得轻松自如、游刃有余。她每天扮演着她的角色——生活的角色。

“我与人们简单地攀谈，做那些令我畏惧的事情，友好而真诚。我的生活我做主。”她一边说一边像健美运动员一样展示她的二头肌。此时，她的开怀大笑感染了我。我别无他法，只好跟着笑。这个娇小却又无比强大的女士试图用她的微笑改变世界。

“杰森先生，一想到成千上万的人在电影院注视着我，我就信心倍增。我总是思考我的行动。做好事，尽力而为，在这里，在机场，在马路边，在地铁上，当然也在家里。我的电影持续播放，人们在电影院期待着他们的女主角。”

现在我慢慢地，也越来越多地明白了玛利亚幸福的原因，她拥有一个英雄般的生活态度：在她的想象中，电影院所有观众、她的影迷翘首以盼，期待着她的一颦一笑、她做的所有决定。这是一个多么了不起的想法！我短暂沉浸在我的主角形象中。观众对我这个不耐烦的、心烦意乱的家伙做何感想呢，身穿私人订制服装，气呼呼地寻找塞得鼓鼓囊囊的皮夹子，诅咒给予他头等舱机票的航空公司，这一切只是因为飞机延误而已。

哎，人啊！我马上摇摇头，停止了这个想法。要想成为英雄，我得从现在开始善待那些帮助我的人。我可以在这里，在机场，在这种形势下更多地做点什么。我得抓紧时间，利用寻找皮夹子的机会结识帮助我的那些人，我不该对他们品头论足。我对玛利亚肃然起敬，我对这些全新生活常识的渴求从来没有像现在这样强烈。

“我明白，玛利亚，你是幸福的，你对你的工作、你的一切感到知足。在电影中你是主角，尽你所能每天向观众展示一个极佳的自我。”“杰森先生，在我的电影里我就是最好的机场保洁员，永远友好、勤奋、乐观。我的保洁车就是我的道具，这里的大厅、登机口，还有那些盥洗室就是我的音乐厅、我的工作室。我的目标是让那些每天踏上行程的人因为我的工作而幸福，这就是我的角色。如果你只把工作看作工作，那么工作就只是工作。我每天所经历的远比工作多得多，而且我愿意奉献一切。”

“工欲善其事，必先利其器。”我说道，并且盘算着玛利亚挣多少钱。“靠我的收入我足以谋生。可是，我的生活取决于我的付出。”她说道。现在我才明白，最宝贵的礼物是无价的。她付出的不是物质而是自我。玛利亚欣然说道：“失去自我就是找到自我的捷径，把最好的自我奉献给别人。”

令我着迷的是玛利亚所扮演的生活角色以及自控力。我常常有种感觉，在我踏上舞台还不明白情节或者目标时，自己的电影就已开始。我好像迷失在自己的电影故事里，别人为我讲述故事的进展，而我无所适从。相反，玛利亚注定就是她找的那个人。她和足以让自己伟大的那个她一样伟大。我明白了为什么人们不中意一部电影而要离开它的原因，是为了体验全新的场景，而场景的张力和感觉才会让人真正兴奋不已。我想更好地学会自控，我第一次感觉到我也可以轻松自如地摆脱控制。

"哇，现在我明白了你的电影理论，这个很有趣。就连世界一流的好莱坞对你的想法也会刮目相看。你为什么幸福也就不足为奇了。""杰森先生，我热衷这部电影，这是我的电影。很多人热衷错误的电影，他们与恐怖电影为伍，从中感知畏惧、悲伤和恐怖。为什么要这样做呢？我在机场总是看见这些人，他们显然不明白，他们也可以自己创作电影。人们看一部电影并不是因为电影已经开始或者体验不一样的东西。很遗憾，很多人坐在电影院直到幕布变黑，灯光亮起，电影结束。杰森先生，我的电影角色远未结束，它也不必从头放到尾。只要想看，我可以每天创作它，自由洒脱。谁要是看过这样一部超好的电影，他就绝对不会再看一部烂片子。"

自己创作电影这个想法让我难以自拔。除了弥补空虚以外，多少次我面前放映的电影里都是我根本不想看的情节。时间被我消磨殆尽，我无法用它唤醒对生活的乐趣。我感觉，过去的生活充斥着无数错误。纵然很多人每天依然犯着同样的错误，我要改变我的生活！我要找到改变的方式！

“玛利亚，你犯错误的时候怎么办？人无完人，金无足赤。错误与英雄在一部好片中应该如何协调呢？”她微笑了一下，平静地说道：“没有什么错误，只有教训。为你的错误欢呼吧！它们让你觉得生活妙趣横生，你的努力没有白费。每个错误、每次失利都是一次学习、一次成长。发生的一切让我为即将到来的那一瞬间做好准备。生活总是在合适的时间给予我合适的教训。每个错误、每个损失、每次受伤、每次生病、每次塞车、每个红灯、每次迷惘——每个瞬间都是我的老师。没有什么东西会转瞬即逝，它一定会告诉我，我要看见什么、明白什么。只要我犯一次错误并且吸取教训，我就会欣喜若狂。如果我很完美，我就什么也学不到。如果哪都干净，我就无事可干。”

离起飞还有 5 小时 15 分钟

玛利亚冠以“错误”一个独特的名称“经验”，并且建议我也这样做。她十分自信地对我说，真正的错误是你不能从错误中学到什么。“我的电影讲的就是，我怎样竭尽全力鼓起勇气犯错，我怎样在错误中发现好的一面并从中受益。每天犯点小错，每天前进一毫米多，那么一个月下来，我就可以比原来进步三厘米。我犯错的总量不但决定我的成长质量，而且印证我的成长历程。”

玛利亚反复强调错误的重要性，它给予她和她的艺术所有的一切。她也明白她的工作对很多人来说并不具有美学价值，也算不上一种真正的艺术形式。可是，她在她的艺术中重新找回巨大的热情，因为这种美妙的、无尽的热情，她得以每日沉浸于新鲜事物中。思想的力量让她不用登上飞机就潇洒起航。令她骄傲的是，她工作的目标比她自己想的要远大，如果别人能从她的作品中获得快乐，她就会真正感到开心。重要的是，犯错时，她可以像她电影中的女主角一样，从中获取经验教训。玛利亚就像一名明星，无须聚光灯靠自己就可以闪闪发光。

“当你真的希望自己变好，”她坚定地说，“或自豪地向自己和别人展示你付出多少精力的时候，你就会明白，什么才是真正的自我。只有找到真正的自我，你才会获得自我满足，然后找到内心的平和。找到自我，一切便可以迎刃而解。此后，人们就能自信地去做正确的事情，混乱的生活就会消失，你就能获得幸福。但人们总是觉得，鼓起勇气犯错、自我剖析费心费力。此外，还要花费更多精力应对愧疚感、平庸感和浪费掉的潜力。此时，如果登机口没有之前干净，如果我不如昨天亲善友好，那我就没有进步。俗话说得好，逆水行舟，不进则退。如果不能实现我们内心深处的理想，我们就会失去很多对自己的尊重。不去实现梦想，原地踏步，杰森先生，当你必须继续前进时，不能真诚地面对自己，不能发挥自己无限的潜能，就会毁掉你的灵魂。”

这位娇小女士的所思所想无疑令人鼓舞。她把我眼中每一种不确定性、每一个困难都变为机会。也许玛利亚是一个特别的工作狂或者是来自哥斯达黎加丛林深处的精神超人？我几乎想不明白，这位娇小女士从哪获取这些无穷无尽的能量，但是我急切地想知道，她是怎么重新让自己内心平静下来的。所以我问她：“你怎么放松自己呢，玛利亚？你像你电影中的主人公一样积极地生活，可是会耗费太多的精力。在飞机场如此这般地度过一天后，晚上你还能酣然入睡吗？”我知道，经过精疲力竭的一天，让自己放松下来多么困难，我迫不及待地想知道她的答案。

她马上平静地回答道：“生活就像一片美好平静的绿洲，你只需找到它并且信任它。这种感觉就像机场来来往往的旅客。”“那我该去哪里寻找这片宁静的绿洲呢？”“它一直伴随着你，就在你的身边，杰森先生！”玛利亚用手画了一个大圈，向我比画它的范围，可在我看来那就是平常不过的机场盥洗室。我满腹狐疑地皱起眉头。

玛利亚带我走向盥洗室大门，那个写着“当心滑倒”的牌子依然立在那儿。她把门打开一条缝儿，以便看到广阔的机场大厅。然后，她引导我的视线穿过登机口后面的落地窗，指向远处滑行跑道后面的风景。“杰森先生，你看到风中飘舞的树叶了吗？”我聚精会神，竭力去看她所描述的东西，远处的树枝在风中摇曳。我隐约感觉树叶在风中简约地对我诉说着无论我身在何方都久久不逝的平静。此外，重要的不是我凝视什么，而是我看见了什么。

“从大自然舞蹈中汲取乐趣，然后奋勇前进。”玛利亚说，“每一天都蕴含无限的可能性，它们帮你重寻自我的宁静。杰森先生，你只需鼓足勇气，稍稍休整寻找这份宁静。很多人尽管很疲惫，仍整日憧憬着什么。你要充分利用心灵的绿洲唤醒心中的梦想，认识到身边的奇迹。只有内心清醒，才能明白真正的使命，才能明白生活的意义，明白那些让你成为自己电影中的英雄的情节。你能闻见花朵的芬芳，你能找到真正热爱的事物，并全神贯注地投入你的激情。一旦这样做了，你的生活才会充实，你才能更加轻松地获得无与伦比的价值。之后，你会沿着正确的路线扬帆远航，体验世界给予你顺风而下的快感。”

离起飞还有 5 小时 11 分钟

我无言以对，这位娇小女士身上具有的深度无与伦比。看到风中飘零的树叶，我也理解她的苦衷。它们纹丝未动，而我却从未真正留意它们。我必须加深对它们的理解，所以，我问：“如果找到真正的使命，我该怎样做呢？接下来又会发生什么呢？我如何抓住它并让它每天存在于我的生活中？我又怎么知道，自己的使命对不对呢？”

玛利亚把我领到盥洗室洗手池上方镜子面前，此时透过镜子我直视自己。“杰森先生，我喜欢镜子，它让我们透过表面看到自己真实的内心。你眼中的自己是怎样的，这才是最重要的。告诉自己你的价值、你坚持的原则、你的使命以及你的英勇无畏。杰森先生，如果相信自己，就能找到最好的自己和真正的使命，并且永远能用诚实的眼光重新找回它。每天审视镜中的自己，和自己对话，回忆生命中最重要的精神支柱，相信自己说的每一句话。如果说的话是真的，你会立刻对此有所察觉。即使事实令人痛苦，你也要从自己眼中找到它，因为事实只会让你痛苦一次。而你自己说的每一个谎言，只要想起它就会让你痛苦不堪。”

玛利亚说话的时候，我仍然直视镜子中自己的眼睛，这是一种难以名状的奇妙感觉。我从未这样有意识地看着自己的眼睛，我从自己的眼中看到了很多东西，就好像我的眼睛要告诉我一个故事——一个关于自己和内心世界的故事。与此同时，我也在自己眼中看到了原因和答案。“玛利亚，我怎么知道事情是错还是对呢？”“定期和自己聊聊天。这是你一生中最真诚的谈话，因为你的眼睛永远不会欺骗自己。你要明确你的价值、你的原则，你极力坚持的东西以及你真正在乎的东西。每天早晚都要审视自己的眼睛，默念自己的人生信条，一直这样做，你思想的力量就会因为每一次重复变得更加强大。如果总能想出对你人生最好的解释，你思想的力量就会越来越强大。杰森先生，把它说出来，一天 3 次、4 次或 5 次。要想信心满满过好自己的生活，就要对自己有信心，这样你的价值就会实现。”

“我没听错吧？玛利亚，你是说，通过训练，我积极的思想就会变得更加强大，就好比锻炼肌肉一样？对此，我只要每天早晚看着镜子，不断说出自己的信条和原则，我的价值就会实现，我就会得到想要的生活？这会不会太简单了？”玛利亚笑着点点头。“是的，杰森先生。你有认真听我讲话，就是这样。”我仍然盯着镜子，一遍又一遍地看着自己的眼睛，一种难以名状的感觉浮现而出。“玛利亚，你一直在说人生信条、价值及原则，那请你帮帮我，让我更清楚地明白你的意思，告诉我应该如何找到人生信条。当然，我对公司的指导纲领以及“使命宣言”了然于胸，可是我不知道怎么把这些思想转移到自己身上。把自己视作一家公司、一个主管机关，这个机关有着明确的规章制度，而我又必须遵守它，这种感觉匪夷所思。

“显然，你是生意人，杰森先生。你穿着西装，读着报纸，没有家人陪伴独自旅行。每天在登机口我都能看到像你这样的人，你总是在工作上花费很多时间，对吧？”她问道，“当然。一切都要重新考量，否则不会有什么改善。”如同和公司一位老员工谈话一样我立即回答，“我也知道目标重要。”我一边说，一边想起了伟大的、成功的市场天才罗伯的话——他现在成为很酷的冲浪者。“非常好，杰森先生。你的人生信条就像你的目标，不是外在目标，而是你内心追求的目标。重要的不是你想要什么东西、得到什么东西，而是你赖以生活的价值观与原则。没有价值观，你就会失去根基，失去方向，失去控制力。相比于价值观，许多人更重视他们所拥有的东西。你的价值观决定你想成为怎样的人，它决定你的性格，重要的是它能体现你的价值，杰森先生。”

“玛利亚，这是什么意思？难道我们在谈论幽默和智慧吗？”我问道，同时想确切地知道，她的思想如何过渡到原则和价值观的重要性。“不，不完全是。诚实、忠诚、谦逊、可靠、干净、尊重、开放、忍耐、自律、喜悦和良善等美德是你的价值观。”我沉默了一会儿，我肯定在很久之前听过这些话。我重复着这些话，默默念叨，似乎在跟自己的灵魂窃窃私语。这种感觉不仅难以置信，而且对我来说是全新的。这些话仿佛唤醒我的内心深处。从她嘴里说出的，唤醒我内心深处的肺腑之言对我产生了意想不到的效果。最后，我说：“我懂了，我们讲的是真正的性格品质。”玛利亚面带微笑：“这些品质是基础，它们与你想做的那个人不谋而合。”玛利亚说，“这是人人渴望的价值观。它们也正是我每天本应实现的内在目标。”

我揣摩这些品质，思索我对自身的期望：我多么希望自己性格中能有这些品质啊！可若有一天我不得不向他人展示我仅有的品质时，我该如何描述呢？我是否会因自己的品质而心存骄傲自豪之感呢？这让我不得不再次考虑：我到底要做什么样的男人？他对家庭、朋友忠贞不贰，还是遵纪守法、行善好施、志向远大，抑或满腔热情、扶危济贫？冥冥之中我感到，玛利亚是我内心话语的倾听者。接着，玛利亚对我说：“杰森先生，或许你能理解，你看重的事物就是你对自我描述的最好表达。指导人生的一个个原则扎根愈深，你越明白你的指导原则，越能够经常默念它。越审视你的眼睛，越看透你的灵魂深处，你就越能按照你的价值观生活，越能体会到真正的满足感。如前所述，满足感填补你的空虚，空虚每人都有。人们无法去过自己想过、自己能过的生活，所以空虚，空虚导致痛苦。我看着世界各地的人们在这个机场来来往往，虽然每个人都有一个与众不同的故事，但是却有许多共同点……”“比如空虚。”我不假思索脱口而出，与此同时，我感到我的孤独、我的空虚、我内心深处的伤痕。这种不安就像绵延不绝的压力，我无法理解也无法治愈。我总是安慰自己，一旦完成所有计划，它们就会烟消云散、不复存在，抑或它们的存在本来就是正常的。虽然有时我会忘记空虚，可是它们永远不会消失。

我明白玛利亚的话，对于镜子的寓意我也心知肚明：我越经常对自己说我要成为什么人，事与愿违时我就越明白这一道理。“也就是说，这种空虚感的产生不是因为别的，而是因为自己现在的生活有违自己的价值观和引导，对吗？”我问道。“是的，杰森先生。一旦你明白究竟如何享受人生，我想你就可以用自以为豪的行动填补你的空虚。找到你的事业、有价值的目标，每日努力实现它，这才是真正的满足。”

这些话语让我激情澎湃，我端详自己：我过去多么疏于追逐真我；曾几何时我茫然无措，身陷黑暗之中，没有明确的价值观，没有指导自我的原则，更没有清晰的准则，对于自己成为什么样的人也茫然无知。长时以来，我所做之事无非就是在茫茫人海中包装自己：速度极快的汽车，昂贵华丽的西装，仿佛唯有这些才能让我获得别人的些许尊敬。愈想我愈加明白我的这些想法完全取决于别人，我只关注别人的想法，很少关注自我。

“玛利亚，你可曾知道，人们过多考虑外界的影响，鲜于思考自身。”我坦诚说道。“是的，杰森先生，这种现象其实很正常。电视节目、新闻、社会、学校……所有这一切无时无刻不在影响着每个人，而他们的目标都指向一处：让我们按照他人的要求过活，要么受老师约束，要么受售货员和邻居影响。每天浸染于这般氛围中，我们本真的理想和目标丧失殆尽。即便如此，我们俩现在的对话却会带你回归自我。”

“你说，电视节目和新闻粉碎人们的理想，你不觉得有点言过其实吗？”玛利亚听罢摇摇头：“不，丝毫不夸张，我们大脑接收的信息无一例外从外界获取，可这些信息空洞无物，你想知道的真相存于你的内心；同样，你想知道的东西，也应该由你自己发掘然后讲给自己听。探寻内心，澄澈灵魂，才是获得重要信息的正轨。你希冀真相隐藏于你每日看到读到听到的信息中。人们看到的东西不过是过眼云烟，能够理解的东西少之又少。你不妨随便打开一个电台，里面宣扬的无非是一个东西：要想幸福，就得拥有财富；拥有财富的人才是幸福的人。广告、电影和电视剧的手段别无二致。人们常常通过物质上的东西追求幸福，而想购置物质上的东西就得努力工作。工作从来不会让人更幸福，因为你追逐的不是工作的激情而是金钱，杰森先生。即使有朝一日你能买到那些你梦寐以求的物品，幸福感也不会眷恋你太久。为了买一个其实你并不喜欢的玩具，你不得不拼死拼活努力工作，打开电视你又恨不得马上关掉，这种无休无止的恶性循环只会将你卷入不幸的漩涡。未来，绝不会有人出席你的葬礼时感叹：‘此人生前开过豪华汽车，穿过最新订制西服。’生活是一本书，而这本书绝不会只看中那些物质，不是吗？最幸福的人从不拥有世间最好的东西，但他们能创造最美好的东西。世界上最穷的人绝不是你想象中的那些穷人，杰森先生，世间最贫穷的人正是那些除了钱以外一无所有的人。”

玛利亚的一席话让我心跳加速。虽然我和她只是一面之交，可是她探寻到我的本质，好似她能洞悉我的一切。接着她又补充道：“杰森先生，我庆幸于我所拥有的不过尔尔，这使我还具有能为小事开心的能力。我热爱我的工作，一分一秒未曾改变，工作令我骄傲。我的思想力量、不从电视中获取信息、对幸福的正确认知所有这些给予我的生活无限遐想。我才是真正富有的人！”

离起飞还有 5 小时 4 分钟

我听着玛利亚的每句话，心醉神迷。这位女士让我如醉如痴，她的生活方式与众不同，令人印象深刻。她过着她想过的生活，她过的生活不是别人强加给她的生活。她两眼炯炯有神，笑容真诚，对生活的憧憬、信念清晰可见。她确实很富有。我再次想起我们年轻的小经理：就像当年的我一样，他们是精英大学的毕业生，拥有一份待遇良好的工作，颇有压力，也富有权力。尽管如此，他们缺少工作的激情，疲惫不堪。他们工作不是因为他们想干，而是不得不干。逻辑严谨但无激情，专业投入但无热情。

玛利亚怎么做到每天很有激情地无私奉献呢？“玛利亚，你的强大意志力从何而来？你怎么可以精力充沛、高高兴兴地来上班，履行你的义务，拥有强大的管理能力并发挥模范带头作用？”我问她。玛利亚再次笑了笑，自信地说道：“杰森先生，这是基于清晨之力和时间之力！”这位娇小的女士深不可测，我真的感到庆幸，由于飞机延误而能与她不期而遇并听她讲述故事。这一切似乎注定发生，我注定要听她讲述。我一直在寻找可是一无所获，现在终于如获至宝，如愿以偿。

这种独一无二的感觉迫使我打破砂锅问到底。“玛利亚，给我好好讲讲清晨之力和时间之力，我之前闻所未闻。”“杰森先生，清晨之力给予你做任何事情的可能，只要你想做。”“为什么是清晨呢？我经常通宵达旦地工作，几乎总是一无所获。”“杰森先生，在我老家，位于哥斯达黎加尼科亚半岛诺萨拉[①]的一个村子，我在那里长大，老人们长久以来口口相传一些至理名言。它们言简意赅，使我受益颇多。人们经常把简单的事情复杂化，反之亦然。在诺萨拉，老人的至理名言中重要的是‘小善’'。”玛利亚解释道，好像她要泄露天机一样。我很焦急。“到底什么叫‘小善’呢？这是指人吗？”于是我问道。“不是！”玛利亚笑着说，“‘小善’是说你最好的决定，是指那些你每天要做出的好决定。这些决定中到底有多少取决于你的性格，每天最多不超过50个，它们值得你去反思，你要深思熟虑。”

玛利亚告诉我，决策力就像肌肉过度劳累后就会疲劳一样，同样需要休整。这顺理成章，可是我想确认自己听明白了，于是问道：“在诺萨拉人们说，虽然每天值得你做出的抉择有限，可是它的数量在清晨最多，对吗？这些好抉择会随着时间的推移越来越少，对吗？”玛利亚点点头：“你说得对，杰森先生。这些最好的‘小善’必须充分利用。”

①位于太平洋沿岸，以远离喧嚣的白色海滩与连绵不断的海浪而被国际冲浪者熟知。

突然之间我越来越明白玛利亚所说的话。每天清晨，我总是感觉精力充沛。半夜三更，空虚、精疲力竭，工作和能力往往比前几个小时差得多，我要做的抉择越多，我的决策力就会越弱。要做的抉择越多，越难做出极佳的抉择。“玛利亚，我明白了什么叫清晨之力！”

“你有这种感觉吗，每天下午每过去一小时，越难做出抉择，越难进步，越难有效地工作？”我问玛利亚，好像是发自内心深处地发问。“当然了，我了解这个，好似人们很焦虑！”玛利亚笑着点点头，“这说明，你的小善已经透支了，杰森先生。你的决策力越来越弱、越来越少、越来越差。如果三更半夜你就以下问题做出决策，譬如涉及家庭、事业、健康、个性等，那么结果往往事与愿违。清晨之力确保你在新的一天到来时把你的决策力投入到最重要的事情当中，这样你才会取得小善带来的最佳结果。只有这样，你才会收获最好的结果。”

我深受触动，哥斯达黎加丛林深处的这一至理名言言之凿凿、逻辑缜密，此时对我影响深远。我回忆起无数个夜晚，尽管我努力去做，可是工作毫无成效。我没有放弃。我还毫不怀疑地以为，这都是因为我的体力不支。我使劲喝咖啡或者功能饮料，以为这样就会有所改观。现在我才明白，我之所以一筹莫展都是因为我的决策力欠佳。

“玛利亚，这与你所说的时间之力又有什么关系？”我问道，并对哥斯达黎加诺萨拉的另外一个策略有所期待。“如果经常重复某个决定，你就可以把它深深植根于你的生活当中！时间之力降低你做出决策的难度。”“玛利亚，这怎么做呢？”“杰森先生，现在你觉得做出哪个决定较难？”我不假思索脱口而出道：“我总是觉得持之以恒地锻炼身体很难。”并想起很多次我把身体锻炼一而再，再而三地推迟。

“时间之力确保你持之以恒地锻炼身体不再是件难事，只要你下定决心去做。”

这听来无非就是重复日常生活的升级版。“你是说，我必须足够持之以恒锻炼身体，这样就会顺理成章？”“是的，你说得很对，杰森先生！就像刷牙、骑车一样简单。如果你总是长久重复做某件事，那么它就会成为自然而然的事情。”玛利亚说起诺萨拉穷乡僻壤间人所未知的小路，它们正是因为那些勇敢的驴友们走得多了而渐渐踩成一条条羊肠小道。不知何时，随着时间的推移，这些小路渐渐成为通天大道。“玛利亚，我得重复这些东西多久，它们才会简单易行顺理成章呢？”我对难事不费吹灰之力就可以自动完成欣喜若狂，于是问道。

玛利亚回答道，崎岖难行之路总能成为趋之若鹜的景点。“杰森先生。也许经过60多天，也就是诺萨拉海滨上空的两个月圆之夜，你的新习惯就会深深植根于你的生活当中。之后，你的前途一片光明。如果你能把时间之力与清晨之力紧密结合，你就能重新认识你的每个性格并让它们成为生活的一部分。早晨全神贯注地做出你的抉择，坚持大概60天，之后它就会成为顺理成章的事情。之后，你的决策力乐于接受你的新性格，你可将其纳入生活当中。杰森先生，无论你做什么，你都会学会一切，有所成就。紧紧把握清晨之力和时间之力，享受这一成长的过程。”

玛利亚说，学习是人们自己能够创造的最好礼物，她也谈到了真正满足的那一瞬间。“不要忘记高高兴兴地享受每天的生活，为所有生物的美丽而愉悦，每天每时每刻都是最好的馈赠。学习那些性格，它们将会带你穿越生活丛林，披荆斩棘、一往无前，最终胜利抵达目的地。剩下的一切交由宇宙。”她说道，“杰森先生，我很高兴认识你。如果想聊，我就在这里。你随时过来，咱们聊聊你的旅行。”

说着，玛利亚推着清洁车，徐徐走开，从盥洗室推向飞机场候机大厅。她微笑着，抬起有着天然长睫毛的深褐色眼睛向我示意，然后迈开小步推着清洁车穿过人群走向登机口。

与她擦肩而过的人要么急不可耐，要么了无生趣，要么行色匆匆。可是玛利亚却把他们视为好朋友。她满怀热情、耐心和蔼、目光温柔、真诚可爱，在茫茫人海中纵横驰骋、腾挪跌宕。每个邪恶的目光与她的友好慈善和思想力相比都相形见绌，无所遁形。

我试图盯着玛利亚看，可是她消失得无影无踪。我靠在墙边，尝试着领悟刚才发生的一切。玛利亚，这个来自哥斯达黎加的娇小女士打开我对于很多问题的脑洞，我从未想到会遇到这些问题，但毋庸置疑的是它们一定会改变我的生活。

现在，我在机场遇到一个同盟者，一个对我感兴趣的人，一个值得我信赖的人。无论如何我还会去找她。静待片刻，我拿出盥洗室的一张纸把玛利亚讲给我的点点滴滴记录下来。

最幸福的人并不拥有最好的东西，可是他们可以自己创造最好的东西。

塞翁失马，焉知非福是什么意思?

从不好的东西中找到闪光点!

思想的好坏决定生活的质量。

大自然不攫取任何财富，而是给予人们一切。

我的电影我做主!

为你的错误喝彩!

每天都是美丽静谧的绿洲!

外在的物质无足轻重。

清晨之力和时间之力。

邂逅梅尔

训练自控能力，学会团队合作

突然，我的手机铃声打破了此刻的宁静，而我也吓了一跳。我从上衣内口袋掏出手机，看着屏幕上的来电显示——是安吉拉·德·拉·巴特，我的老板。我立刻接通电话说：“喂，安吉拉，是我。你可能已经听说我困在机场了，航班晚点七个小时。”我根本不敢告诉她，还不小心把证件弄丢了。之后就开始一段长久的沉默，我几乎连电话里安吉拉的呼吸声都听不到，她究竟还在不在听？“杰森。”然后我就听到她用冰冷的口吻缓缓地说，“我希望我向你表达得足够清楚了，你一定要稳住顾客的情绪。打电话联络他们，把要提前做的准备工作做好。做好你的工作，这才不会让我们的准备工作有什么闪失。他们已经向我打听了你的最新抵达时间，我们仍然会在今天签合同，会议将在晚上三点进行。如果我们推迟签约，我们就白白浪费了很多精力。这笔交易一定要在今天完成。杰森，想想这笔生意，想想你的分红！”说完，她挂了电话。

然而现在我还沉浸在刚刚收获的新知识和新视野中，我心中充满疑惑，又心潮澎湃，既好奇又兴奋。内心有种全新的感受，那是一种让我迫切地要做点什么的感觉，一种明确的、能动的感觉，好像土地把它的能量从我的双脚传送到全身。过去几个小时我在机场所经历的一切和在登机口 C30 学到的一切，深深地触动了我，让我难以自拔。好像我这一生都在等待这样的对话、这样的信息，它们突然成为我的一部分，填补了我身体的空白。

离起飞还有 4 小时 54 分钟

我的思考和这些深度对话让我忘记了吃饭。我要好好考虑并计划下一步打算，我要怎样更好地去找丢失的证件。我的裤袋里还有一点现金，所以，我带上我的包和早晨买的两份报纸，打算找个地方吃饭。报纸头版大标题很快映入我的眼帘：危机、战争、死亡以及困难。下面刊登着售卖高档车和名牌表的广告。我想起玛利亚说过的关于电视节目和新闻以及广告与不幸的轮回的话语。我走了起来，把这两份报纸扔进路过的大垃圾桶里。在今天之前，我出于一种类似宗教般的热情，每天阅读很多报纸。当我把报纸扔进垃圾桶时，我有一种难以名状的感受，一种自由、强大、自控、自觉的感觉。我呼入未来吐出过去，微笑着既洒脱又如释重负地走向机场大厅，那里人流如织、生意兴隆。

我很快发现，遇到的许多人看起来阴沉、孤独。我感到他们忙碌、有压力、消极，并且开始理解罗伯所说的真正的友善力量和要把面具卸下来的意思。我尝试着向与我擦肩而过的陌生人报以微笑，就像罗伯向我建议的那样。这种感觉对我来说是全新的。大多数人都短暂地惊讶了一下，有些人则感到十分疑惑，但是很快回我以笑容，我们之间很快产生了一种令人舒服愉悦的联系，一种平和不争的联系，尽管我们之前并不相识。这种感觉真的很好，给我带来了快乐，一个小小的微笑可以在如此短暂的时间里改变那么多事情，就像是一束温暖的阳光在此刻穿过层层乌云，它照耀着每一个人，让每一个人都能重拾它的温暖和能量。

我突然领悟到玛利亚说过表面的失败蕴含潜能这样的话。航班延误，人深陷机场，同时我的证件和钱包都丢了，然而这让我有了一些全新的经历。我几乎不能重新认识我自己。奇怪的是，自我感觉良好。我就这样漫步穿过机场大厅，手中没有报纸，脑中也没被世界上消极的问题占据着。这是我第一次听见机场播放的音乐声，就好像它演奏的歌突然与我有关一样。

这时，一家卖三明治的小店映入我的眼帘，一群穿着训练服的年轻人在里面聚集。每个年轻人都很高，应该是一支篮球队。当我靠近时，我能看清他们浅蓝色训练服后面写的字——NC。哦，原来是北加利福尼亚大学的校篮球队。我想到那是美国全国大学生体育协会[①]第一级一支很强的队伍。作为一名狂热的篮球迷，我此刻甚至有点激动，像迈克尔·乔丹那样的传奇人物也为北加利福尼亚队打

①美国全国大学生体育协会，简称NCAA（*National Collegiate Athletic Association*），由美国众多高校参与结盟的一个协会，分为三个等级数十个联盟。

过球。世界上几位有天赋的篮球运动员此刻就坐在这个店里。我排着队，觉得我和这些巨人相比就是个小矮人，其实我个子并不矮。店里特别吵，这些年轻人声音很大，语气十分愉快，看来他们心情很好。我听到他们说昨天在伊斯坦布尔赢了一场重要的友谊赛，还听他们屡次谈到梅尔文，谁是梅尔文？

离起飞还有4小时50分钟

点了份三明治后，我把它放在托盘上开始寻找空座。店里几乎所有的小桌子都被年轻的运动员们占领了。在店铺里面一个角落挨着一位运动员旁还有一个小空位，这位运动员的个头看起来比坐在其他座位的运动员都要小，甚至比我还矮。“这个位置有人吗？”我问。“没有，你坐吧！”年轻人说。我和他相对而坐，然后把我的三明治从包裹着的白色蜡纸中拿出来。

接着我们没有再说话。当我咬下第一口三明治时，我们的目光交汇，他笑了。“祝你好胃口！”他说，开始咬着吸管喝他杯子里的饮料。我嚼着，等把这口咽下然后说：“恭喜你们取得胜利。我刚刚听说，你们刚赢了一场重要的比赛，是吗？”“谢谢你。是呀，我们昨天在对抗欧洲冠军联队费伦巴治体育协会伊斯坦布尔队的比赛中赢了。那是土耳其最好的球队之一。真是场激烈的比赛！”现在我有个更强烈的感触："哇，那你可以给我好好讲一下这场比赛有多激烈吗？还有梅尔文，他一定是你们的教练吧。他一定觉得很骄傲吧，是不是？""哈哈。"年轻人大笑着，"不是的，梅尔文不是我们教练，梅尔文是我啊。"

我感到有点尴尬，我真的应该认识这位年轻人吗？"哦，对不起。我不是很了解大学篮球队的最新状况，最近几年我工作太忙了。"

"没事！别在意！"他说。我解释道："我听到其他年轻人总是谈到你的名字。比赛的时候发生了什么特别的事情吗？"突然，邻桌的一个年轻人转过身对我说："梅尔简直主导了整场比赛。得分 33 分，12 次助攻，7 个篮板。而且他还在最后一秒赢了一个三分球，绝杀。梅尔是这个国家最有天赋的球员，你都不看电视吗，老家伙？""我工作太忙了。"我又小声说了一次，看着梅尔文。我坐在这个国家最出色的年轻篮球运动员的对面，他对我笑着说："没事，你别在意，这并不都是我的功劳。"他掸掉桌上的面包碎屑，说道："我叫梅尔文，队里的同伴喜欢叫我梅尔。"我对他伸出手说："我叫杰森，很高兴认识你。"当梅尔冲我伸出拳头时，我有点疑惑，然后也把手握成拳同他这样打招呼，就像我之前上大学时和朋友打招呼一样。我微微一笑："啊，可是听起来，你对这次胜利来说真的十分重要。33 分，简直不可思议！""是啊，但是那是整支队伍的胜利，不是我一个人的。我只有和我的队伍、我身边的队友在一起时，才能发挥好。他们让我能有今日的成功。”梅尔一边说队伍对他来说就像家庭一样，一边咽着饮料，“如果想走得快，你就一个人前行。但想走得远，你得和其他人组队同行。”

我惊讶于这位年轻人的观点。如果我赢得这么一场重要的比赛，我一定不会这样谦虚。在工作中，相比于我的团队我更在乎我自己和我自己的成功。“你不觉得，你是一名极有天赋、不需要依靠其他人的球员吗？”我问他。梅尔笑道：“你在赛场上没有一次不需要其他人的配合。每个运动员最后和他平时一起训练的成员的水平都差不多。那些和我一起上场比赛的队友会直接影响我在比赛中的表现。这不光是就篮球来说，我们的生活也是一样。”

梅尔开始和我讲起他的童年，他和我讲他成长的地方以及他周围的其他年轻人是怎样影响他的。近朱者赤，近墨者黑，人们受坏人的影响很容易误入歧途，就像他的童年和少年时代那样。“损友”常常阻止别人结交“挚友”。“损友”虽然看似很酷，可是好的名声要比一个酷的外表更重要。“我来自犹太平民区[①]，住在我附近的

①原文Getto，犹太平民区（英语：Ghetto）最初指在威尼斯将犹太人强制聚集起来生活的地区，而现在这个词被用来描述生活着一个特定的民族或种族的拥挤不堪的城区。尤其社会、法律、经济压力等原因会造成此种现象。

很多年轻人早早走上邪路。他们吸毒，倒卖武器，酗酒。每个人都不确定他们的未来是什么样的。你一定要学会读懂这种信号。和不好的人交往，是你可能犯的最昂贵的错误之一。运动总是可以拯救我，让我和那些目标远大的人交往。我的过去并不如我所愿，但那并不意味着我的未来不能变得更好。如果不和正人君子交往，我今天可能就不会坐在这里。虽然与老朋友绝交是很困难的事，但我很清楚，做这种决定时不能犹犹豫豫，因为有些人对我未来的发展可以说毫无裨益。”

梅尔向我讲述他所遇到的坏人，所过的艰难困苦的生活，以及如何摆脱那些恶习，才为他后来的新生活找到了空间。“我越靠近运动和那些益友，我的那些损友就越远离我。他们常常觉得我不可理喻，他们觉得我软弱、胆怯、无聊、不忠。这对我来说也更方便一些，我可以更加专注于我的目标，而不是和他们虚度大把光阴。他们中的很多人我从童年时代就认识了，但是有时不得不与他们分道扬镳，不是因为你觉得无所谓，而是这件事最后对他们来说无所谓。当然，他们还记得你的转变，只是他们不明白你发生改变他们难辞其咎。”

“你是说，你在篮球上的成功、成绩和你的周围环境有着直接的关系？”我很惊讶地问。“当然了，但是并不只是指我周围的人。还有我周围的人他们周围的一切，以及他们周围的周围。”我跟不上他的思路，他在说什么？“梅尔，我完全不懂，什么是周围的周围？”我问他，又咬了一口三明治。“当然，哥们。”他说着，吸了一大口饮料，我突然明白人们的相互影响有多大。因为人不光受到旁人的影响，你朋友的朋友和他的朋友也会对你有所影响。“如果我队里的一名队员有一个特别好的朋友，那么他这个朋友就会对他产生很大的影响。如果他这个好朋友做了什么错事，比如和不良社区的少年犯交往，那很有可能他的朋友对他的影响就不好。即使他本来和我没有关系，这件事也会影响我。我阻止不了我这位队友的好朋友影响他，可是他却会给我和我的球队带来不好的后果。你可以远离那些出自不良社区的少年，但是如果这种坏的影响没有改变，那么你其实并没有摆脱掉它。每一场比赛都是你的队伍直接或者间接的产物。”

他说得很有道理：坏影响就像是多米诺骨牌。一块牌倒下，它的影响会传播得非常快，导致远处的牌也被推倒。所以，需要一块不会倒塌的骨牌，这样才能制止这种危险和消极的影响。“有意思。”我很快又问道，“那你怎么远离这种消极影响呢？当你通过间接的来源受到这种影响，你如何止损呢？”

梅尔双眸闪烁：“我是一个对所做的事情要百分之百掌控的人。我自己做决定，我还会逐渐改善我做的决定，让我去工作、去奋斗，这样我就会越来越好。这就是我生活的关键点。人们总是觉得梅尔是个天才，但是没有人看到我每一年、每一月、每一周、每一天，甚至每一小时的努力训练。想想看，你的未来一片光明，而你是唯一对它负责的人。我爸爸总是问我，‘梅尔，没有人关注你的时候，你要怎么训练呢？’他的话鼓舞了我。别人在玩乐，在健身房健身或者在睡觉，我却在训练场训练。其他人嘲笑我的时候，我已经从训练中学到了很多。这项运动不像别人想的那样，其实它与天赋的关系不大。缺少天赋只是那些不想刻苦训练的年轻人的借口。我的爸爸是个音乐家，他是我见过的最好的打击乐手。他总是和我说：‘梅尔文，学习一门乐器，不是巧合地击中它的节拍。’所以，我每天努力训练，无论我赢得多少奖杯。奖杯会蒙尘，但是我那份辛苦训练后的自豪感一直存在。没人想过我会去上大学，会去打篮球。我只有 1 米 68，出生于无人区中部的一个贫困地区，我高中同学没有人上大学。事实上所有人总是反对我。所以我决定，每天努力让自己变得更好，无论篮球、生活还是我的头脑，我要给自己创造更多的机会。”

他的话令我印象深刻。我想起我逍遥自在的学生时代，学习在那时不如说是一种折磨。可是这位年轻人却把它看成一种机会！“我常常不能改变我周围的环境。”梅尔又说道，“但我总是可以改变自己，所以才有了现在的我。”

我默然无语。这位年轻人的观点让人难以忘怀。他只是改变了他生活中可以改变的地方，那就是他自己。这是一个多么强劲的观点啊！他梦想着能有高大的体型，而他怎么让自己鼓足勇气呢？很明显他有弱点，这个弱点他无法改变。所以我问他："你对自己的身高担心过吗，梅尔？"

"我当然担心过，我个子不高，没人信任我。但是恐惧是件好事！恐惧是你走向下一个关键点、通往下一个胜利的必经之路。你不是通过和既往比赛而夺得冠军，你要把目标放在新的地方，就是那些让你觉得困难恐惧的地方。你在训练中直面恐惧，直到这种恐惧变得无力，直到即使艰难依然能够取胜为止。在那些最棒的比赛中你的希望和信念要比你的恐惧更为强烈。你相信吗？昨天打出那个最后的决胜三分球时，我一点也不害怕。"现在梅尔讲得十分激动，双手在空中比画着，双眼迸发出兴奋的光芒，"我爸爸总是说，'做那些让你恐惧的事情，然后恐惧就会消失得无影无踪。紧随恐惧的便是下一场胜利。'我原来总是最弱小的，我对面对的一切充满恐惧。但我一直明白，只要我心怀恐惧，就会激励我一直走在正确的道路上。当我做了让我觉得恐惧的事情，之后我就会感觉良好。就在昨天最后那个球从我手中脱手的那一刻，我的恐惧消失得无影无踪，我最终赢得了胜利。每一次当我对抗更高大、更强壮、更优秀的年轻人时，我都不会畏惧，相反取得了胜利。即使我输了，我也有所成长并获得更多的尊重：无论如何，只要你战胜恐惧，你就不会失败。”

离起飞还有 4 小时 34 分钟

我试图弄清楚为什么这位天才独自一人坐在这里，满脑子关于团队、恐惧以及训练的世界级思想，而不是和自己的队友坐在一起。尽管他实际上是队伍的核心，可他却像一个局外人。于是我问他：“你究竟为什么独自一人坐在这儿呢，梅尔？难道他们不想坐在你身旁吗？”与此同时，我想到与他同行的众多运动员，想到他们像被施了魔法一样，愿意理解梅尔这位顶级选手那些看似无法解释的能力。梅尔看上去很清醒，他说：“我喜欢独处。我的生活从高中起就很繁忙、嘈杂，充满压力同时富有激情。”随后他讲到他十三岁的时候如何被星探发现，从此成为人们关注的焦点继而变成一名高级别的新生代球员。飞得更高一直都是他的目标，但也要一步一个脚印。私底下他总是很有激情，但在球场的聚光灯下却很谦虚。“每天我都会试图让自己单独待几分钟。我很高兴能安静下来，并在这段时间内更多地了解自己。我状态怎么样，我的立场是什么，我想要什么，不想要什么。只有自己感到快乐，在球场上我才会快乐并取得成功。”他说道，然后咬了一口发亮的青苹果，“为了倾听到更多，我需要这种安静。沉默和短暂的休息有助于我取得好成绩，无论生活还是体育。许多人认为要想实现更好的人生，就得加倍努力工作，而现实却常常适得其反。我们的教练史密斯把这称为瞬时脑前额叶功能低下。”“你说什么？”我问道。“只有大脑暂时休息一下，才会收获好想法，而你也会做得更好。只有这样你才会动起来。休息真的很重要，哥们。”

那我是不是刚好在很重要的休息期时打扰了下一个迈克尔·乔丹呢？“我很抱歉，梅尔，我无意打扰你。”我马上说道并打算收拾盘子离开。“别慌，伙计，我没事，你看上去需要人陪。来点儿坚果吗？”梅尔给了我一袋装有坚果和葡萄干的零食。“梅尔，你的饮食方式值得学习。这是教练预先规定的食物吗？”我说着从袋子里抓了一把坚果。嚼着坚果的时候，我想起了这种味道。我已经好多年没有吃过坚果和葡萄干了。这种味道让我重新回到童年，那时我的祖母总是在我去上学时给我带上坚果。“我们想吃什么就吃什么，但我的饮食一直很健康，主要因为客场巡回比赛时吃一顿可口的饭比较困难，所以我经常随身携带坚果。健康的饮食不在于你想吃什么，而在于你要吃什么，这两者其实区别很大，但很少有人能懂。哥们，你知道吗，身体健康的 90% 取决于摄入的食物！”我很吃惊。我之前总以为，适当的健身足以保证身体健康。我立刻想到了可口的牛排、含乳脂的饭后甜点、昂贵的红酒以及我在全世界旅行时吃的所有东西。难怪这么多年我的身体一直不太舒服。

“我几乎只吃新鲜的、未经加工的食物，这些食物富含生命力，比如许多水果、蔬菜和坚果。”梅尔说着，又抓了一把坚果。我暂时被他那种新鲜的饮食方式吸引住了。一想到配有意大利熏肠的三明治，我开始明白他的意思。我从来不是素食主义者，也不想成为素食主义者，但对来自新鲜、天然食物的能量和生命力的感悟突然比之前更加清晰。柔软多汁的橙子、脆口光亮的苹果或者五颜六色的沙拉，仿佛从这些食物中人们能看到生命并把它吸进自己体内。此外，梅尔也谈到了消化过程所消耗的能量。“伙计，一块肉在你体内存留时，消化过程要消耗大量能量。你会在十五分钟后消化一个西瓜，然后就可以为下一组训练课程提供能量。”

我听过、看过许多节食方案并且也身体力行过，可我当时一直注重自己外在的变化，注重我的外在形象，而不关注身体内部发生的变化。梅尔用吸管又从杯子里吸了一大口，我问：“你杯子里装的什么？”“矿泉水。”把这一口咽下之后，他继续说道，“喝矿泉水使人头脑清醒。”我听得入了迷，然后向四周看看。他的许多队员也像我一样喝汽水，而他却只喝矿泉水。“梅尔，你认为你喝的东西跟你的头脑有联系，影响你的思维吗？”我问他，然后将信将疑地喝了一口汽水。梅尔笑了：“正如你接触的人会影响你一样，你的饮食也会直接影响你的生活以及某个领域的表现。这是身体与思想的一种联系，就像你关心你的身体一样，你也会以同样的方式关心你的思想。就像你锻炼身体一样，你也会训练你的思维。每天花点时间锻炼和保养自己健康的身体——其他的所有东西都是不公平的，除了你的身体。我爸爸总说，‘只有当健康离你而去的时候，你才会正确认识健康的价值。’你知道那种感觉吗，你生病躺在床上什么都不能做的时候？请你记住这种感觉，特别是当你下次不确定你是应该锻炼的时候。”

梅尔在三明治店里向我阐述的关于健康的观点让我脑洞大开。“训练似乎对你的生活很重要，梅尔？”我问。“训练是真正技艺的基础。只有多练习才会更加强大。与此同时，个人的责任心也很重要。我们的教练总是说，‘只要你手里有球，你就是在比赛。’许多人只享受球员的荣誉，不愿担责更不愿接受可能的失败。他们只想控球，不想承担责任。一旦失败，他们不想承认自己的过失。哥们！看看周围的世界，男人抱怨女人，女人也埋怨男人。关系不好了？那就是其他人的错。工作了无生趣？那是老板的问题。没有成功过？那是因为竞争太激烈。球队输了比赛？那就是裁判不公。你精力不够充沛？那是因为健身房营业时间不合理。”

“但这是不对的！别人没有错也无须做出改变，而你得做得更好，这才是正题。最重要的训练项目往往放在最后。太多的人开始时雄心壮志，可最后筋疲力尽。一定要聚精会神！训练结束前，最后一个投篮至关重要。伙计，投篮必须命中，然后晚上就可以安然入睡。好东西总是悬而未决。训练能帮你赢得比赛，你能控制你的训练，但你无法操控你的对手。”

我不得不立刻想到我之前说过的借口以及把责任分摊到别人身上的行为，我一再利用这些手段把自己的责任推给他人。这位年轻人说的每句话都是对的。在我理解他对健康、精力、责任以及分摊过错的想法之后，我问他：“你多大了，梅尔？”同时拿着三明治在手里把弄着，我忽然对不健康的食品没有了胃口。“我 18 岁，是球队里最年轻的队员之一，同时也是联盟里最矮的球员。”梅尔咧着嘴笑着对我说。

“你是从哪儿知道这些人生道理的，梅尔？你一再说到你爸爸，难道这些都是他教你的吗？”我问道，几乎可以肯定，他爸爸是以前的篮球明星。梅尔低下头，我们之间出现了片刻的宁静。“是的。”他说，“我的篮球和生活知识都是爸爸教给我的。”“他一定很为你骄傲，对吧？”梅尔明亮的眼眸中闪过一丝悲伤：“不幸的是，我爸爸很久之前故去了。”我现在真想收回我说过的话：“真是太抱歉了，梅尔，我不是故意的。”梅尔平复一下心情说道：“没事，哥们，别担心。为了让自己变得更好，实现自己的梦想，他一直都活在我心里，活在我做出正确决定的时刻，活在我充分利用自己潜能的每一天。这是他最大的愿望。去世前，他病得厉害，在他生命的最后几个月，他把所有关于人生、篮球、家庭以及成功的理念传授给了我。他送给我最大的礼物就是他的图书馆。”梅尔告诉我，他有一间图书陈列室，这是他父亲留给他的。那里有很多著名图书，涉及个性发展、心理学、运动与训练、生物化学和哲学。它是无价之宝，充满思想、动力与商机。最伟大的运动员、思想家将他们的经验所得诉诸笔端，寥寥数言，馈赠给后人。他说："每本书所蕴藏的知识确实能改变每个人，并使奇迹成真。看看我，老兄，最矮小、最年轻的我。但即使如此，我还是球队的一员。哥们，一切皆有可能。而你实现梦想所需的一切就是这里和这里。”他一边说着，一边指向自己的头和心。

我深受触动。这个男孩的父亲送给他最珍贵的遗产，不是金钱，也不是房子，而是知识，它可以满足他梦寐以求的所有愿望，无论他年纪多大，也无论他个子多么矮小。“我爸爸常说，‘房子里没有书就好比房间没有窗户。’他说得对，哥们。”梅尔笑着说，“我们球队经常去客场打比赛，我每个礼拜都会读一本书，我试图每天都能学到一些新知识，这样的话，我与我想成为的那个人之间的距离就会缩短一些。一本书某一页隐藏着的一句特别的话都能改变你的整个人生，甚至是你在赛场上的表现。我对纪律、团队合作、动机、自身目标、经验以及自信，我所知道的一切都是从书里学来的。”梅尔打开背包，我看到里面放着三本厚厚的书。“你每天都能在世界级选手、运动员或一个梦想成真的人的书里读到你想要实现的某个目标。就好比你在和一个人对话一样，它能涤去日常生活在你心灵上留下的尘埃。运动员、人中翘楚、总统、商业巨头、白手起家的亿万富翁和极具智慧的思想家、哲学家，这些都是掌握自己人生的人。”

我无言以对。来自贫民区的一个18岁的年轻人刚刚告诉我，为什么要多读书。我已经记不起我上次读的是哪本书了。我为自己找了一个合适的借口——“可惜我没有时间读书，你是知道的，我工作太忙了。你是怎么做到每天花点时间读书的呢？”“这就好像在赛场上一样，一个比赛的结束是另一场比赛的开始。我们要分析哪些做得好，哪些做得不好，看比赛的录像。我们每天都要改善前一天的表现，检查球队的传球和体系，把之前做得好的做得更好，改正犯过的错误。你每天晚上都要想想，什么能够变得更好，哪些很有成效，哪些有益。勿以恶小而为之，不要重蹈覆辙，而是注重好的、卓有成效的东西，它能使你得分并取得胜利。如果你今天本可以读书而你没读的话，那你今晚就会很闲，然后选择明天再读。如果你觉得阅读效果很好，能让你增长见识，并在阅读时感觉良好，那你就在晚上回忆回忆，然后改日多读一点。老兄，这就好比在球场上，怎么做是好的？怎样做是不对的？总有一天你会赢得首秀，但球一直在跑，你不能待在原地不动。”

梅尔讲完后，他的话依旧在我脑海里久久回响。这个全新的观点让我很感兴趣。梅尔如何把自己的一生压缩到每一天、每场比赛以及几个具有决定性意义的得分点上，这一点很吸引我。它看似简单可是合情合理。这对我来说很有意义，而且我想更多了解这位天才，他拥有大量的书籍与智慧，它们都是他的父亲留给他的。他的图书馆就是一份无价的礼物，每一天都像过生日一样。这间图书馆就好比一个包裹，他能一再地打开它，翻阅一本本新书。这些书好像是他悲惨童年生活的安慰剂。

被激起的强烈求知欲使我暂时忘记了本应该继续找我的钱包。和下一位当代篮球巨星梅尔的对话让我感觉好像重新找到了许多缺失的东西。

这个小伙子看上去很年轻但又如此完美。我很想知道，他这样的人究竟想要达到什么目标。“梅尔，最近你有正在做的事情吗？你有想改变的事情吗？”梅尔笑着说，他一定会每天早起。对他来说早晨美好的日出就好比人生中最好的机会。如果等得太久，它就结束了。这是无穷无尽的机会中一个稍纵即逝的机会。“我一直都是一个爱睡懒觉的人，而现在我尽量每天 5 点钟起床。这真是一个艰巨的挑战。我的队友称我为追梦者。这期间，队中没有任何人起得比我早。”

“为什么要起那么早呢？”我问。

“许多大学生肯定 5 点才上床睡觉。”我笑着补充道。

“一天有 24 个小时，哥们！”梅尔说，“这一点对每个人都一样。它就像一个账户，在这个账户里我们每一个人都有一样的余额。它没有‘贫富’之分，每个人都有相同的机会，没有一个地方不是这样的。球队里的大多数队员 7 或 8 点钟起床。如果我 5 点就到达训练场，开始投篮，我就会有优势。这个优势是任何时候都无法追赶上的。我也许比较年轻，比较矮小，但如果我每天努力训练，坚持早起，做出更好的选择，我的总体优势在任何时候都不会被别人追上，即使我的对手很老练，很高大。一天只有 24 个小时，这是我无法控制的。但这一天内要做什么则是我能够自行决定的。就好像每次运球进攻的时候我能在计时器上给自己加上两秒，这就是你赢得冠军的方式，哥们！”梅尔让我明白，早起对每个人来说都很困难，但最重要的是迈出第一步。人们不是为了早起让自己变得更好，而是为了变得更好才早起。出差时，早起赶早班机让我感到很痛苦，此时能激励我早起的只有那令人期待的酬劳。但梅尔又是怎么凭借自身的意志力做到每天早上5点钟迎着第一缕阳光从床上爬起来呢？显然，他并不需要一个摆在面前的巨额的、有利可图的交易，由于内心强烈的愿望，他的内心已经形成一个生物钟，借助它他得以每天早起。

我想清楚地知道，他使用哪些策略技巧。“那些本不必早起的人是怎么做到5点钟起床的呢？当你做不到的时候，又不会发生什么事情。你是怎么说服你自己一再同舒适的被窝做斗争的呢？”我问他。

“的确有些技巧。”梅尔说。我对此很好奇。“首先，要坚信新养成的固定习惯将会取代之前大量的坏习惯。如果你决定每天早上5点起床，那么在前一天你就不会再熬夜，不会去参加聚会，不会熬夜看电视，不会再吃东西。就像你改变公式中的一个数字，结果就会大不相同。通常情况下改变作息需要一定时间，但以这种方式你能一夜之间实现这种改变。”

“你的技巧是什么呢，梅尔？”我问道，“我真的很想知道你是怎么付诸实践的，我也想尝试一下。”“很简单，哥们。把你的闹钟在房间里这样放置——要想把它关掉你得站起来。当你站起来，你也就醒了。我选用舒缓的音乐而不是令人感到疲惫的蜂鸣声作为闹钟铃声。此外，前一个晚上我会制订好第二天早上的训练计划，这样我就能清楚地知道为什么早起。我尝试以这种方式上床睡觉，这样无论如何都可以睡够八个小时，这对自身的恢复很重要。我们都是竞技体育运动员，我们都知道肌肉不是在负重状态下而是在休息时生长。哥们，我想告诉你，比别人早醒的感觉真的很好。你会觉得速度更快，精力更充沛，思维更敏捷。相信我，哥们，尝试一下吧！”

我很喜欢他的想法，因为听起来既简单又合乎情理。首先他关于闹钟铃声的看法让我很满意，因为我每天都是被震耳欲聋的铃声叫醒，它听起来像是火警声。

“你喜欢听音乐吗，梅尔？”我问，同时看着挂在他脖子上的红色耳机。“当然，音乐对我以及我的运动非常重要。我把音乐当作工具。”“当作工具？这你得给我好好讲讲。”我难以置信地回复道，同时问自己，他说把音乐和工具联系起来是什么意思。他立即谈到了音乐的力量，音乐能以一种独特的方式使你接触到其他人以及他们的情绪。人们听到电话号码、数学公式甚至名字之后，经常会直接把它们忘记，但如果一首歌触动人心，那它的旋律与歌词就会被人们永远记住。“音乐能触动你内心中其他东西无法触动的地方。”梅尔说，“因为它可以指导我们的行为，所以我总是会听让我开心并能激励我的音乐。我总是把我最喜欢的音乐用于营造一种能持续影响我的氛围。大型比赛开始前，我们所有人在休息室里都戴着耳机。每个人都听能最大程度发挥他们效率的音乐，他们当时感觉各有不同，或放松，或成功，或勇猛，或幸福。音乐于我而言经常是我最重要行动的节奏，是我最美的思想的和弦。如果心情不好，就听音乐吧，它会轻而易举地让你感到幸福！”梅尔也谈到音乐与生活之间的独特关系。他经常对朋友说，生活就是一场比赛，准确地说就像音乐一样。

我想起自己以前慢跑的时候会听着最喜欢的音乐，打扫卫生时喜欢跟着收音机里的歌大声哼唱。离最后一次做这些事情已经过去好多年了。我笑着说：“让我幸福的音乐今天对我特别有用，因为我把自己的钱包、机票和护照都弄丢了，而且我的航班又延误了 7 个小时，这让我郁闷了一整天。”

梅尔睁大眼睛。“注意你的言辞，哥们！”“什么？”我问道。我不知道他是什么意思，难道我说了什么不该说的吗？“我说错什么了吗？”我问他。

“老兄，你的言语影响你的思想，所以注意一下吧。如果你说你这一天都被毁了，那么之后它就会变成事实。舌头虽无骨，可它却能够伤透你的心，而你的头脑也会仔细倾听你跟它说了什么。所以你要好好注意你对它说的每句话。”

我怀疑地微微耸了耸眉毛，说：“梅尔，老实说，我觉得这太夸张了。相信我，这一天真的已经被毁了。我被困在机场，如果找不到证件，我就无法参加会议。这是一个很糟糕的处境，而在这种情况下，我的头脑明白它想要什么，此时处境不利。”

梅尔摇摇头说：“你知道赛场上一个球没进的时候，我们会对彼此说什么吗？”“不知道，也许说‘妈的’？”我咧嘴笑着说。“不错的尝试！”梅尔望着其他队员回答道，“这些人都有自己的思想与内心交流，有时内心会充满绝望与不自信，我也如此，这很正常。但是话语给予我们的思想以生命。思想令人难忘，一旦把它们说出来，它们就不会被忘记，只能被接受。如果话语脱离思想脱口而出，它们就会变成现实。是的，我们说的都会成为事实，哥们。‘不错的尝试’，这是一个积极的实话。哥们，注意你的言辞，谨言慎行。言语可以改变你的生活，影响你的行为，深深触动或伤害别人。你的这一天没有被毁掉，而是很精彩。在你说话之前，好好琢磨一下你的言辞！”

此时桌上的手机忽然振动起来，似乎整个桌子都在振动。我收到一封电子邮件，发件人是安吉拉·德·拉·巴特。我打开邮件首先看了一下主题行，写的是：！！！。我很疑惑，发生什么了吗？我继续看着邮件，看到了一句话：杰森，他们已经和其他公司进行了商谈，这是我们无法容许的。如果我们没有达成这笔交易，那么其他人也休想做到！

离起飞还有 4 小时 13 分钟

梅尔走向饮水机给杯子接满水。“为了保持头脑清醒，你知道的，哥们！”他微笑着对我说道。再次回到桌边，他脱下训练服，然后将它在椅背上挂好，坐到椅子上。他穿着一件无袖的 T 恤衫，我甚至能看出他的上半身没有一点多余脂肪，仿佛他一动，就能看到他身上的块块肌肉。

“你多久做一次力量训练才能这样，梅尔？”于是我问他。“一周六次。”梅尔回答我，“每周上场五次加上比赛。”他平静温和地跟我说这些话，他的语气听上去那么平静，仿佛这种平静使得他超人般的成就黯然失色。这貌似合理。“如果只是偶尔锻炼，即使很少命中篮筐，也不要生气。”梅尔咧着嘴笑着跟我这样说，他还告诉我，他变得更好，从来不是为了比他的对手更好，而是为了比以前的自己更好。

他能这样想，在赛场上无疑非常正确，但我还是想问，他如此高强度的训练是否会影响他的学习成绩，但对此我避而不谈。令我惊奇的是，梅尔仿佛知道我的所思所想，主动向我解释道："自从我几乎每天都穿梭于篮球场和健身房以来，成绩甚至比以前还要好。"说到这儿，梅尔又突然开始和我讲生物化学、神经内科以及脑源性神经营养因子——BNDF[①]。他说，BNDF 其实是一种蛋白质，这种蛋白质为大脑中新的神经元和神经键服务。人们运动得越多，大脑中就会生成越多有价值的 BNDF。"就好比人们汽车开得越快，那相应的就必须耗费更多的汽油。这听上去就像是奇迹，不是吗，先生？"梅尔这么说着，我听着他的讲述，也突然明白为什么我们行业中那些声名显赫的顾问们每天在上班前都要去健身房，这是他们的共同点。显然，身体的强健和大脑的细胞性能密不可分。

"不可思议！"我如此感叹，令我惊异的还有梅尔——这个 18 岁的男孩，该有多么强大的意志力，才能要求自己有规律地完成那些艰辛的训练计划，而且他也没有忘记在学业上对自己严格要求。"你是如何坚持到底的呢，梅尔？"或许这个问题太过愚蠢，他疑惑地看着我，说："自律，自律就够了，哥们，无须其他东西。你要寻找的应该是一条心之向往的道路，每天都是如此，而不是给自己寻找托词和借口。自律是一种真正的力量，借助它你可以建立诚信。这力量长久存在，它不仅存在于某场比赛中，也不只是停留在一个季节、一个学期之中，而是伴随着你的一生，绝不仅仅存在于光辉

①BNDF 是脑源性神经营养因子（brain derived neurotrophic factor）的首字母缩写。

时刻。太多的人试图在错误的地方找到自律，他们永远不会寻获。”

“那么你呢，你是怎么想的，梅尔？”我问道，因为我不知道，说了这么多，梅尔到底想要告诉我些什么。那么问题来了，人们该如何自律，又如何找到自律、寻获力量呢？以及他说的在错误的地方寻找自律，又具体指什么呢？

“人们常能看到那些篮球巨星在赛场上的比赛，每一场都可谓是惊心动魄，生前身后他们的夺目表现又会被奉为传说，巨星们当然也想要这些功名。为了获得功名，那些孩子也开始了这场训练的苦行，夜以继日。不过最大的问题却是，他们的自律远远没有达到要求，更别提和年纪稍大的孩子们相提并论了。孩子们又将自己在街头的训练和那些篮球巨星们的光环做比较，这当然会让孩子们没有自信。他们的付出超出了自身所能承受的范围。终有一日他们的激情或是勇气都会燃烧殆尽。起初他们付出 110%的努力，几个月之后一切结束了，他们并未得到期望中的成功，他们的力量所剩无几。就如刚才所说，他们付出的太多了，已经超出自身所能承受的范围。好比一辆汽车，轮胎还没有完全固定在车轴上，孩子们就载着他们的梦想全速起航了，这种状况不会持续太久，因为没开出多远，第一个轮子就已经从车上掉下来。目标可不会与你一起从起跑线出发一路向前自动到达目的地。”

我明白他的所指，我又何尝不是如此呢？每年伊始我都会在前几周雄心壮志地把一切托付给健身房，艰苦训练，甚至还不自量力地将自己与健身爱好者相提并论，终于有一天垂头丧气地结束这场和健身的博弈，因为我在自己身上看不到成效。轮胎已经掉落，但是车子却仍然停留在原地不动——我愈强求成效，耐心也就愈少。

“改变是长时以来的努力结果，而非一蹴而就。”梅尔解释道，“真正的自律是一件长时保持的事情，当你坚持并贯彻它的时候，它才会显出成效。关键是你如何在聚精会神的高强度状态和安排得当的间歇休息中找到平衡点。哪怕你进步很慢，但是你的脚步并未停止，这比彻底放弃好得多。无法避免的是，在这个过程中难免倍感疼痛，忍受折磨，但苦难都只是暂时的。可是如果选择放弃，你就再也无法回头。”梅尔还给我讲述徘徊不定时的懊恼，而它的疼痛也是无法忘怀的。只有找到适合自己前进的速度，才能打胜仗，虽然并没有直接的显著成效，但成功最终属于他。“就好比一个马拉松长跑者，他必须保持合适的速度前进，不能太快也不能太慢，这样才能跑得更远。”我补充道。“没错，先生，你理解了我要说的内容！生活中有太多你不想做但又不得不做的事情，也有太多污点是你一直努力要忘记的。每天两个小时，是的，不是十二个小时，在这两个小时中没有人坚持下来。你得说服自己克服这些小困难。这两个小时中你想要放弃的念头最强烈，也是在这时，你不应该停下脚步，而是要继续推进手中的工作。坚持的疼痛清楚地告诉你，这样做下去，你所期待的事情就会迎你而来。从艰难困苦和无数小胜利中产生无以言表的奇迹和惊天动地的故事，日复一日，年复一年。剩下的事情不过是水到渠成，这时候你不用强迫自己去做不想做的事了。你将你的自律像练习你的肌肉一样进行训练，不断翻越一座座山峰，不断给予肌肉一点刺激，一次次告诉它你应该更加强大，每天都要这样！在锻炼的过程中我不再思考应该锻炼多久，不再思考该不该继续下去，我让它自然而然地发生。我想我的自律程度已经能够带我飞往任何地方。成功的果实引领我走上正轨。我做着我可以做且必须要做的事，最后为成功、为坚持的执着而欣喜若狂。成功给予我继续向前走的勇气和自信，这无疑是一种良性循环。”

我明白梅尔的想法，但是对我来说，这一切过于美好以至于令人难以置信：高度的自律以及成功的良性循环听起来很美好，但我还没有完全理解他思想后面所蕴含的逻辑思维。对我来说似乎缺乏有力的证据，我习惯以数据说话，作为一个理性的人我也更愿意通过科学证据来理解和相信梅尔所说的一切。

“你说的一切听上去真的很美好，但是说实话，我自问，这一切是如何运作的呢？为什么会有这样的结局？说实在的，我并不相信这种成功理论，听上去更像是变戏法。”我这般说道，梅尔却笑了。“你听说过多巴胺吗？”梅尔耸了耸眉毛问道。他这么问，我就知道了，他肯定是要说兴奋剂。“好的，我明白了，你们会把类固醇注入胳膊，对吗？”梅尔听罢，突然大笑，说道：“你简直疯了，哥们！我说的是多巴胺，不是兴奋剂。”梅尔开始给我讲述大脑中复杂的运作程序和生物化学结构，我迫不及待想知道一切。“多巴胺是一种神经介质，它在大脑中运送分发神经元。当你去做超出自身能力的事情或是认为眼前的事情难以完成而终于完成的时候，或是当你使出浑身解数逾越眼前的难关时，你有没有产生过一种感觉？这种感觉就好比你完美的一个三分投准确无误地投入篮中，而未触及篮圈。又或者你挥洒汗水在健身房中锻炼两个小时，满心愉悦地从健身房漫步而出时，你有没有过一种骄傲且浑身是劲的感觉？”

梅尔说的这种感觉自发产生，是真正的行动，是人体对行为的真正反射。这种感觉是自豪感，也是发自内心的愉悦感。

“这就是多巴胺，哥们，它好似一种存在于身体之中的健康兴奋剂。这种兴奋剂令人上瘾，如果体验过这种感觉，你就会更努力地去体验这种感觉。我想，所有篮球巨星都会趋之若鹜。他们渴求一次次完美的投篮，追求最艰苦的训练和最高的飞跃。你想成为你能去做的最好的人或是最好的运动员，这种要求合情合理。多巴胺仿佛一种货币，一种价值最高的货物。你的身体告诉你，什么时候你得到真正的提升：不是教练，也不是对手，更不是专业报道告诉你，而是你自己的身体。站在你面前的是你自己的成绩，你自己打拼得来的成绩。看着成绩你告诉自己，你要比昨天的自己更好，粉丝和教练对你的期望无关紧要，因为他们对你的期望绝不会比你对自己的期望还要大。你只需要保持上一次比赛的良好状态，保持上一次渡过难关时的满足感就够了！”

我再一次对这个男孩佩服得五体投地，几乎失言。毫无疑问他将生物化学的复杂过程理解得准确透彻，同时也不忘记将这种知识运用在自己身上，这大抵也是他能够成功以及他有超越常人成绩的原因之一。“你是从何处知道这些知识的，梅尔？这些理论听起来像是在化学和体育专业课程上传授的知识。”我问道。梅尔并未直接回答，而是向我示意了一番。跟随他的目光看去，我看到距离他两张桌子远处坐着一位老者，尽管白发苍苍，依然精神矍铄，看起来像是奥林匹克体操运动员。“这是史密斯教练，我们的教练。说实话，他不仅是我们的教练，还是我们的理疗按摩师、心理咨询师、生活上的顾问以及团队医生。他不光懂篮球，上自天文，下至地理、细胞学、生物学、运动医学以及积极向上的心理学，他无所不知、无所不晓。他每天喋喋不休，真是一个有趣的家伙，哥们！”

梅尔给我讲的东西无比烦琐，这让一度只关注工作的我不明所以，不过我向来不觉得求教于人是丢脸的，恰恰相反，每一个新事物我都仔细询问，以期达到融会贯通的境界。我听他给我讲述已经得到验证的理论：无论是生物、化学，还是心理学，抑或是细胞的运作，都和大脑的发育密不可分。我如同一个如饥似渴的孩子，为此而激动，也为此而吃惊——活了这么久我竟然对自己的身体结构一无所知。如果梅尔所言不虚，那么像在健身房中锻炼自己的肌肉一样，大脑和个人素质也都能得到有效的塑造。想想看，当每个人听到这样的知识，意识到每个人都有取得成功的无限潜能，无论处于何种状况，都会如我一样幡然醒悟。大脑不是出生时上天赋予你的毛坯件，而是后天你自己努力得到的大脑加工件——如同现在这个穿着无袖篮球 T 恤衫的天才一样，他并不是先天就如此聪慧，而是后天不断努力、读书学习才这般超凡脱俗，他在登机口 C30 附近的三明治店中讲这些我之前闻所未闻的知识，这让他看上去不再只是一个青涩懵懂的男孩，更像是一名传道授业解惑的大学教授。

于是，在他继续讲述意志力锻炼的计划时，我的求知欲更强了，仿佛强大的意志力就是一把开启未来、实现幸福的金钥匙，而梅尔把它称为体内的多巴胺。“强大的意志力就是充分发掘潜力的运动员的防护服。没有意志力，就没有多巴胺。哥们，强大的意志力才是让你进入赛场的敲门砖。”梅尔说道。

“那么如何才能获得更多的意志力呢？”我问。梅尔再次用大脑这一可以训练的身体部位作为例子讲述：“原理和自律的培养是一样的，将你的意志力看作你的二头肌，你不去锻炼二头肌，它就不会发育。决定什么时候开始锻炼，这种困难程度不亚于面对你的敌人，每天总想着‘迟点再做’或是‘早点开始’，如果在这两种想法之间犹豫不决，那么肌肉就会失去发育的机会，梦想成真的可能也被抹杀。你的意志力就是你的肌肉，哥们。你大脑皮层上那一块控制意志力的肌肉实则是在大脑中，它是脑岛上额叶的一部分。”说着，他给我指了指头部的左半边，“当你总去做那些你觉得很困难的事情时，控制意志力的那块肌肉就会不断发育，人脑皮层中的这一部分会通过细胞的活跃变得更加强大。”“随着肌肉的发育，意志力也会变得强大，对吗？”“没错，哥们，你现在的话颇有专业意味，像是从教练史密斯嘴中说出的一样。”梅尔笑着调侃我，然后把核桃仁扔到空中用嘴接住，“哥们，比赛不会轻而易举，可是我们越来越强。”

“那么何时才强大且足够强大呢？”我接着问道，脑中闪现那些篮球巨星的影子，他们身处压力而心力交瘁，可也不得不承受这种痛苦。没有人百战不殆，但令我更感兴趣的是，绝望从何而来，就连那些意志力强大的顶尖运动员也概莫能外，他们尽管意志力强大、经验丰富，可是依然难以摆脱绝望的折磨。梅尔挠挠头对我说：“当运动员们在赛场上变得生气或是沮丧，你就能确确实实地看到会发生什么。”“诚然。”我说，“他们会大喊大叫或是做一些蠢事，比如犯规。”

梅尔的解释与众不同：“杏仁核在这一瞬间控制所有的进程。”“什么？你说是谁控制进程？”“是杏仁核，哥们。这是大脑中大脑颞叶中部成对的核心区域的一块核心地带。”梅尔从容地说着，言谈举止既像一位化学教授又像一名说唱艺人，“这个区域负责我们的日常情感，例如恐惧感和对周遭情景的评判功能。然而问题却是，某段时间中杏仁核在人体中不断起作用，这段时间中产生的恐惧感促使我们下意识保护自己免受危险的伤害，这种保护感就如同我们碰到剑齿虎、有毒的浆果或是看到永无止境的草原，这种恐惧让我们产生自我保护感，这是与生俱来的。哪怕危险的时间已经过去，但是恐惧感不会消失。如果有人非常生气或是极度恐惧，这是因为杏仁核在发挥作用。哥们，永远不要根据短暂的感觉贸然做决定。感觉总会过去，而你所感受到的恐惧并不是真实的，只是你自己的臆造。”

我开始追问梅尔，想获得更多关于杏仁核的信息——这个虽不起眼但却控制我们恐惧感的中心部位。之后，我们继续讨论了身体最高部位中各种连接中心的部位，并讨论它们如何影响人们各种各样的行为方式。梅尔讲完杏仁核之后，紧接着告诉我该怎么对抗这个小东西创造出的恐惧感以及压力感。听着他的讲述，我的瞳孔也逐渐放人：原来一切那么简单，踩下控制恐惧感的刹车不比登天难。“不过当人们感受到恐惧和压力感时，大脑会变得混乱，无法清晰思考，这时大脑中会产生皮质醇，这种情况下大脑需要冷静。”梅尔说。

“那么该怎样让大脑在混乱中保持应有的清醒呢？”我急于知道答案，作为一个顾问，我每天的生活充斥着压力，我真能马上降低我的焦虑感吗？

“成为恐惧的朋友吧，让它切身走近你的生活，最好用你的思想和恐惧交流，这种方法会让你在未来有对抗敌人的最优资本。当你不断积极向上地应对恐惧时，这个过程会加速大脑中催产素的产生——这是一种荷尔蒙，这种荷尔蒙降血压、减少皮质醇含量，从而达到让人平静的效果。催产素有魔法般的神奇力量，哥们，它使你身体中所有部位有序地连接起来。有经验的运动员几乎都懂这个道理，他们的称呼与众不同——公平竞争。”我无言以对，直到这时我才明白我是多么无知，我对身上各个领域的功能和作用几乎一无所知，甚至对一个小器官可以产生那么多积极向上的作用也一无所知。可我仍有一个疑问：“那么照你说的，难道你在篮球比赛中从未生过气吗？”梅尔笑了："赛场需要的是专注、冷静以及精准，这些才是决定比赛成功与否的重要因素，我运用这些能力的频率和掌控的熟练程度远远超出生气以及沮丧占据我内心的时间。如果某人非常生气，那么也就表明，他已经失去了自控能力，这种对情绪的认知不仅让我在赛场上有卓越表现，更让我在日常生活中对那些常常感到不满足的人有更多的理解和耐心。我不认为他们讨人厌，我只是非常清楚，他们是不知道如何应对困境，隐藏在怒火后面的是大脑发出的独特加密信号，这也是大脑发出的求救信号。了解这些信号并去理解它们是你最强大的武器，这将赋予你力量，也将打开你的视野，让你看到他人无法看到的东西。"

离起飞还有 3 小时 53 分钟

"梅尔，我能问一些索然无味的东西吗？""当然了，哥们，啥事呢？"梅尔说道，他将袖子高高卷起直到高耸的双肩，他的双肩密布肌肉，只要一活动就清晰可见，活像一台便携式机器。我不敢确信，所提问题可能稍显幼稚抑或令人尴尬，可是我倍感兴趣，于是接着问道："投篮的时候，篮筐后面坐着对方球迷，他们大声叫嚷以转移你的注意力。你是如何做到全神贯注的？"

梅尔笑了笑，弯下腰，双手指向太阳穴。此时，我俩的目光相聚，他的眼神澄清明亮。"在一件事发生前，你得提前意识到。你得在内心里想想你如何得分。你只会听到低沉的喊叫声，似乎它们不存在，你看到的只是篮筐，这样他们的喊叫就会渐渐消失。注意力会从你无法控制的东西也就是叫喊转移到你能控制的东西也就是投篮上。这就是你自控的结果、强大意志的产物。所有一切汇聚于这一时刻，我只看到未来会发生什么，而不是刚才发生了什么。一切按部就班，你所能做的就是意识到这些。哥们，不要因为灯光晃眼妨碍你的成功，就转移目光，视而不见！如果你能意识到这些，意识到这些才是真实的东西。那么你也就找准了目标，这不仅适用于投篮。”梅尔说道，又吃了两颗坚果。

“你说不仅适用于投篮，你看得见那些没有发生在篮球场上的东西吗？”我继续问道。“当然！”梅尔说道，给我讲述那些让他在比赛中得分的原理，它们可以应用到生活当中。“把你当作你想做的那个人，每天都要抱有这样的想法。认识到你是一个具有强大意志，训练有素，完全操控灵魂、身体以及生活的人，之后一切都会梦想成真。念叨自己最真实的愿望、理想，你想做的那个人、你能做的那个人以及你所支持的原则等等。无论你想要什么，你念叨得越多，你就越明白你所努力的方向。哥们，无论你对你自己还是对别人论及你的目标，都要言必信，行必果。”

“否则，你就会被视为言行不一、顺风倒，对吗？”我说道，把梅尔的话说完。“是的，哥们。你要经得起检验，给自己的目标设置一个撬动的杠杆。告诉大家，你想有所作为，强迫自己坚持不懈持之以恒直到实现目标、履行承诺。这样，无论在自己还是别人面前你才能脸上有光。这才是最大的动力。”

“如果你对大家说了，但是无法实现，又该怎么办呢？”我问道，并想象着要是我把我的很多想法和打算告诉别人，又会发生什么呢？梅尔往后靠了靠，说道：“哥们，大千世界总是犒劳那些勇敢无畏的人。如果敢于说出那些目标并敢于实现，那么强大的灵魂将会引导你走向那些魅力十足、无法想象的境遇。看着我，昨天我还站在篮球场上，球场容纳两万人，座无虚席，这些无关紧要，这只是附带效应。在这条貌似疯狂的道路上走下去，做真正的自我，这才是最重要的目标。我领会了这些，一切都灵验了，哥们！”

“嗨，梅尔！”我突然听到一个略显苍老的声音喊道，“梅尔，走吧，哥们，我们得赶飞机了，登机口马上要关闭了！”原来这是史密斯教练。全队都在等了。梅尔和我促膝长谈以至于我俩都没注意到他的队友都已经吃完了。我俩的谈话与众不同。我不认识这个年轻人梅尔，可是我却给他讲述了我之前连对自己都不会讲述的东西。

“我得走了，哥们！”梅尔说道。他站了起来，穿上训练服，把包斜挎上肩，对我举起拳头。“真遗憾，”我低声说道，“本来还想和你多聊聊。”梅尔笑了笑，说道：“我对你说了些什么呢？”我笑了笑，回答道：“我明白，我会想想它们的！”我随即想起了他的建议，于是说道：“当然，我的话语的力量。我得谨言慎行。”

“哥们，你试试看！”梅尔说道。我没有细想，只是明白我就是我自己，那些话语悄然来临，好似它们期待良久，我终于将它们唤醒，于是我说道：“衷心感谢这次谈话。真高兴认识你，谢谢你，梅尔！”

好似这些话语能够承载我的身体。梅尔的眼睛炯炯有神。“哥们，祝你越来越好！”梅尔说道，点点头。走出几步后他转过身，对我眨眨眼，伸了两个手指做了个胜利手势。然后，他朝队友跑去，而他们早已走向登机口。他赶上了他们，这个小个明星消失在巨人当中。他们看似一样，但每个人分工明确，发挥着各自的能力，履行着各自的义务，众人拾柴火焰高。他们是一个整体。

在返回登机口 C30 的路上，梅尔的微笑历历在目。几年后我是否会看到他在 NBA 打球？毋庸置疑的是，这么一个年轻人对生活竟有如此深刻的感悟。这些故事让我深信，每个人其实都可以学会如何幸福地活着。

沿着看似无边无尽的登机口我加快脚步。我在搜寻玛利亚，无论如何我得给她讲讲梅尔的故事。梅尔有关生活的奇思妙想一定会令她欣喜若狂，我真的很庆幸，几分钟后我就在不远处发现了柔软的棕色卷发在动。“嗨，玛利亚！”我叫道，“我是杰森先生！”我为自己这个新绰号暗自发笑。

“杰森先生！你找到我了！”玛利亚发自肺腑的声音听来幸福无比。玛利亚说道：“我很欣慰你再次来找我，我本来以为你会自己独处一会儿。”说实在的，她说得一点没错。可是在登机口 C30 发生的一切与众不同。

“杰森先生，你找到丢失的证件了吗？”玛利亚问道。“没有，玛利亚，刚才我和一个人聊了一会儿，我一定要给你讲讲这个人。他叫梅尔，是一个篮球运动员。我想你俩也会相处融洽的。他在队中个子最小，尽管如此，他仍是队中最好的球员。他谈起自律、训练、并不存在的来自石器时代的恐惧、学习、读书、负面影响、高压的等级、强大的意志力诸如此类。”玛利亚饶有兴致地听着，我也若有所思地想了一会儿。玛利亚在清洁车边走来走去，同时打扫机场的漫长走廊。我给她讲述我所感悟的一切，这一切都要归功于梅尔。之后，我从兜中掏出一张三明治店的餐巾纸，把这一切记录下来。

我总是可以像我的队友一样好。

摆脱恶习，为好东西创造空间。

人们无法改变环境，但是可以改变自己。

做那些令人恐惧的事情，激励自己不断向前。

训练是一门好手艺的根基。

没有书籍的房子好像没有窗户的房子。

生活好比一场比赛。

自律好比肌肉，可以训练。

不能指望从起跑线出发后可以自动到达目的地。

多巴胺就像精神兴奋剂可以令人取得最佳成绩。

可视化：看得见的东西才是真实的。

大千世界总是犒劳勇敢无畏的人。

邂逅罗斯

对小东西保有感悟，把握时机

我觉得有点口渴，想找个商店买点东西喝。这是我的目光第一次掠过所有的咖啡馆和吸烟室，最终将目标锁定在一个卖奶昔和鲜榨果汁的小摊。第一口鲜榨橙汁仿佛补充了我的生命，同时我还在想梅尔说过的话。我能够感觉到，我的身体多么感激我，我也享受着这份快感。我把橙汁喝完，俯下身去，突然发现，在过道的另一端似乎有什么东西掉在地上。那会是我的证件吗？我立刻大步流星走过去，随着越来越接近，我发现那并不是我的证件，而是一封手写的信。它掉落在路中间，仿佛除了我没有人能看到它似的，因为没有人为它驻足，所有人都视若无物地错过它。我把它从地上捡了起来，我看到信上那优美的手写字迹，还有整齐的行间距，尽管这象牙白色的信纸上并没有画线。蓝色的墨水，弧形的字体，简直就是一幅书法作品。虽然我不想知道信上写些什么，因为那和我毫无关系，但是一些段落还是映入我的眼帘。这封信好像对我诉说：

亲爱的儿子：

有人对我说，真正的生活始于宽恕。

“对不起”这句话，如今听起来就像是我说过的最难启齿的一句话。但是我明白，只有这句话可以证明，我重获一生中最有价值的礼物。

我的愿望就是来一场漫长的全新旅行，我能双手空空、内心充实地找个地方靠岸。我可以直视你的双眼毫无畏惧，我可以唤醒生活无所言表，我可以真诚道歉无须戏言，我可以憧憬未来无须践行。

也许我不是一直行走在正确的路上，但是我对自己发誓，我最终一定要实现我的目标。生而为人，我本该如此。对不起。

永远爱你的妈妈——罗斯

我环顾四周，手里拿着信，不知窥探了谁的心事。我看着乌泱泱的人群，所有人都匆匆忙忙地想要离开这个地方，想要实现自己的目标。其中有一位坐在轮椅中的老太太，她坐在旅客中间，就像是波涛汹涌的海水中一块顽固的礁石，她正在对我挥手。我回头看去，想要确定一下她真的是在和我打招呼。当我注意到，她打招呼的幅度加大，而那只能是针对我的，我穿过层层人群和她碰面，最终站到了她的面前。她是一位和我母亲年龄相仿的时髦女士，但是开心得像个孩子。她拍着手说："那是我的信。谢谢你，年轻人，非常感谢。"我把信递给她。"谢谢您呀，它一定是在我找票的时候从我包里掉出去了，我本来以为我一定找不到了。您知道吗，当我旅游的时候，我总是很紧张。我已经 90 多岁了。"她又说道。

这位老人让我感到惊讶，她的眼神，她的笑容，还有她整个人都是那么清醒，那么精力充沛。我预估她的年龄比她的真实年龄至少要小十岁。“没事，您别客气。我刚好在找我的护照、机票和钱包。我在机场把它们都弄丢了，现在必须要赶紧找到它们。您这是要飞哪里？”

“飞去我儿子那里。”她回答说，“我已经很久没见到他了，我觉得是时候去找他，最后一次和他说点什么了。因为谁知道，也许我什么时候就永远离他而去了呢！”现在我突然明白了我刚刚读的她信中的话语。这位女士是想向她的儿子道歉。

离起飞还有 3 小时 36 分钟

我感觉我的心以一种全新的方式被打开，那是一种感情上的契合、一种共情。这是一种新鲜的情感，仅仅短短的几句话便打开了我的心房，松动了我那拒人于千里之外的理性，赋予我人性的温暖。我突然有了一种强烈的情感，想要去关心他人：“您和您的儿子吵架了吗？”我小心地询问。“不，不是。但是我们一直分开生活，他结婚了，我和儿媳妇相处得不太好。后来他们就搬走了，去了瑞典。在我儿子还小时，我们一起住在瑞典。过去几年，我们鲜有联系。他很失望，我不能接受他的媳妇，而我也很失望，他就这样离开了我。所以这么多年过去了，我们一直两地分居。我无法启齿的那几句话，正是我不得不说的。我很乐于回忆过去的时光，我们常常一起去树林散步，侧耳倾听老树令人着迷的话语。”罗斯讲述着瑞典达拉纳地区幽深的部分，甚至是人迹罕至的原始森林。他们过去住在那里，那里的荒野赋予他们无尽的自由。

“现在我老了，靠自己无法走路了，我才明白我对我的儿子做了多么过分的事。当你和你深爱的人争吵时，你一定要当心你说出口的话，因为嘴里吐出的话常常是最伤人的利器，尽管你心里爱着对方。我现在要飞回瑞典，我要为我做过的事道歉，去和我儿子的家庭重聚，我要去学着接受并爱他们。其实我很早就该这么做了，但是我花了很长时间才理解这个道理。去一个有价值的地点拜访没有捷径，这封信包含了我想向我儿子传达的讯息。最终我明白了，老年不是遗失了青春，而是一种新的充满机遇和能量的时段。”她微笑着说。“但是我究竟为什么要这么和您讲呢？”她又表示不太想再说下去了。“也许是因为我太紧张了吧。”随后她又轻声说道，“您一定是有一次很重要的飞行，您一定要尽快找到您的证件，别在我这儿耽搁了。非常感谢您帮我找到了信，还能对我的事情那么感兴趣。即使我的生活绝非那么精彩，我还是很高兴，可以和别人分享我的过往，因为我实在是太寂寞了。和您交谈是我迄今为止第一次真正意义上的对话，谢谢。”

我为这位女士的品性所感动。那些我过去交谈过的老年人，他们滔滔不绝，一说就欲罢不能，这位女士则不同。尽管她很孤独，被一位她久久不能忘怀的人多年遗忘着，但她是这么知足，她和我讲述了她的过往、她个人的愿望。我想帮助她，仅仅是出于一种突如其来的、在我心中愈发清晰的真挚，这是一种真情实感。当然，人不能帮助每一个人，但是人可以试着去帮助某一个人。

“没事，您慢慢说，我还有时间。”我说。我这个上午都在机场里度过，我不必去任何地方，我待在这里就可以。我把包放下，坐到她的轮椅旁。

“我叫杰森·库珀。”我微笑着说。“我叫罗斯。”她说。我清晰地看出，当我表示对她和她的故事真的感兴趣时，她的双眼闪烁着光芒。我对我突然从心中迸发的话语感到惊讶，说这些话时我完全没有去思考，我一定要稍稍考虑一下，我听见自己说：“您认为，您本该早早地向您儿子道歉吗？”

“是啊，我经常这么期望着。我这一生其实已经获得了我所梦想的所有东西。我的儿子有一段幸福的婚姻，他有三个健康的孩子。我对儿媳妇的不快让我不能再去感谢生活的恩赐。我那些不好的观念把我通往幸福的道路堵死了。我本该试着改变这一切。你不能把你未打开的门关上。我们为什么要常常对身边的人做出不好的事情呢？”她小声问道。

我的思绪立马飞向我的家人，我深爱着他们，但同他们见面的时间比见我公司同事的时间少得多。罗斯接着说：“也许我们会想，他们总是在我们身边吧。但事实不是这样的。我悄悄告诉你。”然后，她示意我向她靠近一些，她拉着我上衣夹克的袖子，把我拽向她，“永远不要忽视生活中的琐碎小事，否则等你反应过来就太晚了。那些小事情、小时刻，其实它们并不渺小，只是你不常去做和关注罢了。等你像我一样老的时候，你会为此感到遗憾，令你后悔的，常常是那些你未来得及去做的事。我希望你过一种回想‘我做过了什么’的生活，而不是过回想‘那时候我本该做什么’的生活。”

我想着那些因为太忙碌而拒绝去做的事情，一通通电话、一封封邮件、一场场会议，它们阻碍我见证孩子们的成长。办公室的无数时间让我没有时间陪伴我的妻子。我不想回头去看，并叩问自己，这一切本该是什么样子，我突然觉得我和罗斯有着如此之多的相似之处。我的感受和这位轮椅上的脆弱老人何其一致。我会不会也像她一样为自己的决定而后悔呢？我现在还能试着去改变还是一切为时已晚？

“如果时光倒流，您想做出什么改变呢，罗斯？”我问。罗斯坐在她的轮椅上，瞪大了双眼看着我说：“啊，杰森，我想让我的时光变得更有价值，因为在我感到它真的开始之前，我的这一生突然就过去了。时间一直都在，但是我们的生命一点一点地流逝，时光一去不复返，不会再回头。好像人们总是穿过一扇扇门，它们都只有一个把手，人们可以一直走下去，但是不能回头。”

罗斯说，她这一生最美好的少女时代已经逝去，她过去没有重视这段时光。“学生时代最美好的时光对我来说是上学的第一天和最后一天。那其他的口了都去哪儿了呢？其他的口了也很美好，也同样有价值，我只是过去从未好好善待它们。时光匆匆流过，我本该更充实地度过每一天。我们今天经历的一切，都会变成明天的回忆，我们常常不能理解我们经历的价值，直到它们变成回忆。你永远不要忘记这一点！”罗斯说着竖起她的食指，这令我想起我的祖母。“人们越早开始理解时间的价值并能充分利用它的价值，人的生活就越会变得满足。人们不能改变过去，但是从现在开始到未来却是可以的，从现在开始创造新的每一天。你不要一直等待！总是沉浸在生活的上一个章节中，生活的新篇章永远不会开启。人们想成为他们本来梦想的样子，什么时候做出改变都不算晚。”她对我说。

我听着这位老太太的话，觉得“明天和今天”，还有“今天和明天”，它们之间的契合就像兄弟姐妹一样紧密。它们就像是家庭成员，可以相互学习。我想要更好地理解罗斯所表达的意思以及我如何才能更加有效地利用每一分钟。明天的价值在今天就会得到提高，这听起来就像是股票。我情不自禁地思考，当这些新的知识对我的生活股票发挥积极的影响时，当我开始书写生活的新篇章时，我的生活会发生什么变化。

“罗斯，您说人们应该更有意义地利用时间，您想说什么？”我问她，并且脑海中立刻浮现出那句经典的古老箴言“活在当下”。事情一定不那么简单，这位老人一定通晓更多，她在根据她的个人经验讲话。

“我该如何又从哪里得知，对于今天来说什么是重要的呢？”当我讲出这句话时我就明白了，过去的几年我一直在想方设法提高速度，而没有去关注方向。虽然我有感受，我把我长长的工作日的每分每秒都用孜孜不倦的工作尽可能地填满，但是当我冷静下来思考我的每一天时，我听见罗斯的话像回声一样在我耳边萦绕。我的生活只是看起来成功罢了，我渐渐地、越发清晰地直面生活的现实：我的生活实际上既不快也不慢，既不紧张也不松弛，既不好也不坏，既不富有也不贫穷。它是过去的产物，是我在脑海中给这些时刻做了修饰，让它们的行为能决定我的未来。

罗斯轻柔的声音就像是一件温暖的大衣裹住了我无数的想法，她回答说：“今天就去做一些你未来会心存感激的事情吧。有太多的人昨天夜里睡去，今天早晨却没有机会醒来，无论在世界的哪个角落，无论老少，无论贫富。这些人如果知道昨天会是他们的最后一个夜晚，他们会付出一切换取多一天的光阴、多一个小时的生活。好好把握今天的时光吧，尝试改变能让你明天真正感到幸福的东西。”她看着我说，“如果现在的你和未来的你之间的距离不缩小的话，你每天会备受煎熬。在爱你自己、爱你最爱的人的每分每秒中弥补这种距离吧。爱你的孩子，爱你爱的人，爱支持你的家人和所有的人。你会明白，时间是一种恩赐，这种恩赐你只能有幸得到一次。你要耐心，不要着急，否则时间就会变成你的敌人。”

离起飞还有 3 小时 5 分钟

罗斯所说的人与人之间的距离，以及我可以成为的人，在我的脑海中渐渐清晰起来。渐渐地我越发清晰地找到我想努力的方向。这种感受让我不安，因为每个月我都有一个新的目标，但是我之前遗忘了它们。

“我该怎么缩短这种距离呢？”我问罗斯，“我当然知道您所说的意思，我有时也能真切地感受到这种距离，并且想做出改变。直到现在我都在想，我能够通过我更多的成功改变一切。”迄今为止，每一次升职、每一笔新交易、每一通电话，都是我转变过程中的一个个丰碑。我一直在等待着一天，到那一天我能够真正地感到我是成功的。我总是在想，总有那么一天，我想实现的都能实现。罗斯笑了。“对于成功的追求永无止境。”说着，她把双手搭在膝盖上，“当我还是个小姑娘时，我总想有一座自己的房子。成年后，我有了自己的房子，自己的家庭。当我有了自己的第一座房子，我就总想着有一辆漂亮的红色轿车。那是一辆漂亮的配着浅蓝色座椅的敞篷车。我想象着坐进一辆这样的车，那种感觉是那样美好，溢于言表。当我拥有了它和其他我所期盼的东西，我还会要其他更多的东西，我按着我的幸福标准要求其他人。我总是在找一个人，一个能够在生活中帮助我的人，能帮我照亮人生的昏暗日子。一位伴侣，一位老师，一位帮手，或者有个人，他可以帮我承担重大的责任。我总是想有人能像魔法师一样给我带来影响。不知什么时候，我停止了这种由于相信奇迹而带来的深深失望。如今，以我现在年龄的想法去回顾我生命中的那些年，我最终明白了一个道理：谁都可以是自己的魔法师。从旁观者的角度看生活会简单得多。人们经常站在他们生活的帷幕前。但只有当他们敢去看帷幕后面有什么的时候，他们才能恢复他们的魔力，他们可以做成很多事情，而这些本来让旁观者感到莫名其妙。杰森，我明白，那些我过去所追求的东西，都早已是过去时了。我只需知道，真正的我是什么样子的。不是你置身于这个世界，而是这个世界在你心里。”

这位女士告诉我的话，我好像从未听过。人们该如何知道真正的自己是什么样子呢？世界在你的心里？难道这不是假设，人到目前为止受到了蒙骗吗？“您是怎么知道真正的您是什么样子的，又是怎么知道自己想要什么样的生活的呢？您想，会不会有人根本不知道自己是什么样子，想要什么生活呢？”我问罗斯。罗斯迟疑了一下。“你知道吗？”她说，“我认为，许多人只是根本没有开始去寻找，因为他们不知道他们缺少什么。”她的目光向下望去，接着补充道，“他们知道一切时都太晚了。”我们之间出现了短暂的沉默，然后她说：“当我立下我的遗嘱时，我才清楚地明白这一切。”她指着自己轮椅中一动不动的双腿，小声说道：“我得病了，这改变了一切。”尽管如此，她说的每一个词我都能清晰地听到。

“我该如何把其他人长期留存在我的记忆当中呢？我想在生命的最后时光把它弄明白。我想让我的名字在我认识的人的心中有一定的分量，而不是在墓碑上。当我写下遗嘱上的行行句子时，我终于明白我想要如何生活。我想像我期盼的那样，在我所爱之人的回忆中永远地存活下去。在我的人生中，我第一次明白我是什么样的人，我想要怎样的生活。每一次结束都蕴藏了许多知识，人们总是变得比以前更睿智，只是此时为时已晚。如果我还能许愿，那我还想再年轻一次，并知道多年后我现在才明白的一切道理。”“您这是什么意思？”我脱口而出，听得越来越入迷了。

“我总想不朽地过活，一直保持年轻。我总是拖延很多事情，明日复明日，明日何其多。我总是在拖延时间，而不去实现我最大的梦想。我特想和我最爱的人进行亲密交谈。然而许多年转瞬即逝，甚至我这一生都蹉跎而过。”她从轮椅中抬头深情地望着我，“我总是拖延我快乐的时刻。我还是个小姑娘的时候，整日忙碌，为的是以后能去上大学。当我是个大学生时，天天努力，为的是以后有一份好工作，可以养家糊口。当我开始工作和结婚以后，又想要孩子。当我成了妈妈时，我就想让我的孩子去上学，这样我就又有时间去上班了。当我重新开始工作，孩子慢慢长大时，我又想着能退休，让我自己放松一下。现在，我是一个快死的人了，我才意识到，我从来没有真正地享受过生活。我常常想，我这一生都是在等待中度过。切勿再等了，否则一切就太晚了。我向我儿子道歉的最好时间是在二十年前，还有就是今天。杰森，每一刻都是开启人生新篇章的最好时刻。”

离起飞还有 2 小时 47 分钟

一个穿着黄马甲的机场工作人员迈着步子走过拐角，径直朝我和罗斯走来。“对不起，女士，让您久等了。我们马上就可以走了。”他推动轮椅，我和罗斯刚刚还在聊天，突然一切都改变了。在他把轮椅推走前，我听到罗斯温柔的声音，她向我微微挥手并说道：“杰森，生活是一场旅行，而死亡意味着回归原点。祝你旅途愉快！我敢肯定，我们一定会再见！”

男子推着轮椅，向大大的写满航班信息的登机显示屏走去，然后又推向一望无际的候机大厅。他们渐渐地淡出了我的视野，我们之间短暂的相识，这快乐要大于我没来及向罗斯提出那些问题所带来的遗憾。我为她感到高兴，她现在正飞向自己的家乡，这个循环就要结束了。我敢肯定，罗斯到家时，她的家门为她敞开，灯为她而明。她一定会受到热烈欢迎。

我现在独自一人站在刚刚和罗斯交谈的地方，她向我伸出手，我的内心深为所动。我思忖着她对我说过的话，感觉她在冥冥中一定要认识我。她所说的一切，无不影射着我的人生。我很确定，这笔即将签订的订单会让我快乐。它会带来金钱，带来同事的艳羡，给我带来权力。但是当我回想那些签订的既往订单时，我就知道，它们其实改变不了什么：我达到了目标，达成了交易，然而什么都没改变。这一点我深有感受。并且我突然明白，我的幸福根本不受这些外部因素的影响，它取决我自己怎么做。

我在主候机厅的偌大的免税店那里找到玛利亚。在甜蜜的香水气味之中，我给她讲述了我和罗斯的相识，我捡到罗斯的那封信，还听她讲述她对于人生中未做的事情的遗憾。玛利亚全神贯注地听着，她的眼睛闪着光，看起来就像我听到这种新思想时一样激动。她很高兴听到我的话，我能感受到，她也为我感到很骄傲。这是一种独特的感觉，但是玛利亚的骄傲就像是一种我长久以来收到的最诚挚的证明。

我给丽兹买了一瓶香水，拿着收银条和包装袋，记下我从罗斯那里收获的最重要的思想。

每次和别人聊天，也许就是最后一次。

人们无法关闭从未开启的大门。

渺小的时刻实际上并不渺小。

切勿忽视生活中的小东西！

如果对过去的生活念念不忘，人们就无法开启新的篇章。

我们今天经历的时光不会再现。

切勿匆匆忙忙，否则时间将与你为敌。

每个人都可以成为自己的魔法师。

每时每刻都是开始的最佳时间点。

人们大多是事后诸葛亮。可惜太晚了，于事无补。

邂逅诺亚

深呼吸，回归原点

这时，机场工作人员刚好在登机口 C30 发现一件无人看管的行李。“如果您丢失了行李，请立刻到登机口 C30 认领。否则，无人看管的行李就要被妥善处置。”这则通知突然从喇叭里播报出来。

难以置信，居然有人捡到我的钱包，我这么想着。我无法抑制内心的喜悦，马上返回登机口 C30。老远我看到有机场安保人员就站在我之前坐过的那个地方。当我走近的时候，切发生了大反转。那根本就不是我的钱包。我像被一道闪电击中般忽然想起那位前经理罗伯的背包，他现在正以冲浪嬉皮士的身份环球旅行。之前，他请我照看一下他的背包，可我忘记了。两位机场安保人员和一个看起来像西部电影中印第安人的男人围着这个背包站着，眼神略带疑惑地问我：“这是你的包吗，先生？”“真的不好意思，先生们，这个背包很安全，它是我朋友罗伯特·博伊德的。罗伯要求我帮他看一会儿，不幸的是我忘记了，真的很抱歉，我给你们添麻烦了。很感谢你们的广播通知，不然我都想不起这件事了。”两位安保人员松了一口气说道：“不要担心，这种事在这儿是常有的。你应该感谢这位先生，是他发现了背包并提醒了我们。”他们指向站在旁边的这位男士。

他大概45岁，有着深棕色的皮肤、长长的黑发以及深邃的绿眼睛。他穿着一件现代的印第安服装。我以前去瑜伽练功房接丽兹的时候见过这种服装。这位男士看起来像个当代的印第安酋长。他拿起背包，一声不响地把它递给我。“非常感谢，您真是个好人。”我说，“您的眼睛真美！”

“谢谢。”这位神秘的现代印第安人回答道，我立刻注意到他深沉的嗓音。“但真正的艺术是观察事物而非评价事物。评价一个事物的时候，不是给这些事物下定义，而是定义自己，真正美丽的眼睛要有好眼力。”“您的好眼力说不定会帮我大忙。我在找我的钱包和所有的出差证件。或许您看见过？”我满怀希望地问道。“我看到一些东西，比如说你身上带了很多东西。”他平静地回答道。

“为什么呢？”我问。但当我从上到下打量自己之后，其实我也能自己回答这个问题。

大衣、手推车、笔记本电脑包、西服外套，我就像一头身上挂满包袱的驮驴，虽然我最重要的东西已经丢了。他没有回答我，我们看着彼此相视一笑，即使不说话也能互相理解。我注意到，他手里什么都没有拿，没有手提包，没有夹克，没有笔记本电脑、背包或其他东西，他很轻松。

“拥有越少东西的人，失去的也会越少。”这位男士不知何时轻声说，然后补充道，“我拥有的东西不足100个。体重轻一点会让我很轻松，很自由还很灵活。拥有少量物质的东西意味着简单的生活。你所拥有的也会紧紧跟随着你。正如生活中的很多东西：越少越好。人们还可以留存希望，为一些小事儿感到高兴，头脑与内心会有更多的自由空间。这不是说你什么东西都不要拥有，而是在于你不要被那些东西所占有。”他那种简单的想法，即关于少量财富的好处和轻松的想法吸引了我，于是，我马上在头脑中清点我拥有的所有东西，居然发现光是我的衣橱里的衣服就100多件。

“我拥有的东西其实让我很高兴。”我很决绝地说道。拥有很多财富本身难道是错的吗？我拥有的一切都是我自己辛苦工作打拼而来，我所拥有的一切让我觉得自豪。“这一点我相信。问题在于很多人认为，拥有越多，快乐就越多。人们认为，财富与幸福之间存在着一种关联。自从我几乎一无所有以来，我才知道这是错的。”

“无论在哪里都会有人比你幸福，即使他拥有的东西比你少。对财富的过分追求会妨碍你继续发展。追求更多的欲望是你与未来达成的一个妥协，只有你满足这些欲望，拥有更多的财富，你才能变得幸福。人们会迫使自己不幸福，因为他们追求的东西太多，而这些东西除了让他们的生活变得更艰难、更僵化以外什么都不能改变，如今的生活和快乐也会难以为继。”

“你从哪儿学到了拥有的少就更幸福的理论呢？”我向这位神秘的印第安人问道，他似乎已经从一直寻求快乐的过程中解脱出来。

“这是一个很久之前的故事了，你想听听吗？”他问，同时把他的手搭在我的肩上。“我有时间，愿闻其详。”我笑着说，“我的航班延误了，我还得在这待着。跟我说说你的故事吧，或许我们之后还可以用你锐利的眼睛寻找一下我的旅行证件。”

我笑着，想到今天从素不相识的陌生人身上学到很多有趣的东西。他们的成功引起我的注意，给予我无比宝贵的人生知识。这些人帮到了我，或许我也通过自己的感谢帮助了他们。好像在登机口C30的每个人都必须要讲一个引人入胜的人生故事一样，我当然也想听一听他的故事。“来吧，我们坐下来说。”我这样说道，指向登机口旁一排空荡荡的座位，靠近满是人来人往的宽宽的通道。我们挨着彼此坐在一起。椅子的摆置方向正好能让我们看到两条截然相反的自动扶梯，人们来来往往、穿梭不息。

离起飞还有 2 小时 32 分钟

“我是诺亚。”他平静地说道并与我握手。“杰森。”我回答道，我立刻注意到他握手很有力，皮肤也像皮革一样。和他握手的感觉就好像是翻开一本有趣的书的第一页。

“我来自加拿大。”诺亚说，“我是在最后一个真正的印第安人保留地长大的，它是靠近马斯科卡一个美丽的湖泊。大约 80 年前，那里还没有电力和街道。我们拥有的财富很少，但大自然的馈赠不可胜数。我小时候就知道我们什么都没有，我们拥有的只是向大自然和未来借来的东西。我们不是要从祖先那儿得到它们，而是要把它们借给我们的后代。如果我们不加以注意，我们的孩子就再也不会重新得到。”

我立刻想到我的两个女儿贾达和安博。不是她们从我这得到什么东西，而是我借给她们东西。我从来没有这样想过我生命中财富的流动。诺亚继续说道：“一切都要保持平衡。从自然那里获取一些东西的人也要回馈给自然某些东西。但很遗憾我们生活在一个人人只知索取而不去想明天会怎样的时代。任何时候人们的索取往往比付出多，因为他们想拥有的比他们实际需要的东西多。存储他们所有财富的大房子，用来运输的很多车辆。我拥有的很少，因为我必须要亲自带着它们。体重每增加一克都会让我的步子更短，旅程更困难。最富有的人不是拥有最多的人，而是那些需求最少的人。爱人并使用东西，而不是爱东西并利用人。这是人生最重要的经验所得。杰森，我拥有很多人从不拥有的东西：满足感。”

诺亚很高兴我相信他的话。他真的很知足，然后继续说：“生命冒险之旅为你准备了很多单独的任务，就像一张摆满物品的书桌一样。总会有事情去做，去学习，去体验。你的任务常常又太多，许多东西就会被遗忘，沉浸于不得不做的事情。太多的事物会妨碍你看到事物的本质，你不可能看到一切。有一天当你感觉无法满足的时候，那就想想宇宙的宏大。宇宙中的行星比地球上的沙滩、草原以及沙漠的沙粒还要多。巨大的挑战从来都不是既成事实，而在于你如何解读。与大自然的力量相比，忙碌世界中的问题以及事情的堆积几乎都是不可见的。生活中有些事情你很快就忘记了，这些事情甚至也是你应该要忘记的。但有些事情你必须要每天紧盯着，作为优先要做的事情，它们处于需要处理的事情的第一位。否则由于分心这些事物永远不会找到它们的出路。如果你忘记了它们，它们就会永远离开。譬如你的家庭，你要像照顾一朵非常美丽的花一样照顾它，你不可以忘记你的家庭，因为它有了你才得以维系下去。

例如你的朋友，你要坚定、确信地把他们放在第一位，因为所有事情就像雪崩一样，它会每天向山谷滚去，并带走那些扎根不深或者没有坚实基础的东西。真正坚实的根基来源于长年累月的亲密联系。只有树根够深，才能结出果实。”

我入迷地听着，然后诺亚问我：“你是一个商人，对吗？”“对。”我立刻回答道。“商人看起来是怎样的呢？”诺亚平静地问道，“你会像办公室里的书桌一样把日常生活中的书桌也整理得井井有条吗？”这个问题让我沉默了一会儿。我想到非常现代化的办公室和被一丝不苟地整理过的桌面。我只是很难推辞掉事情，所以我会立刻处理所有事情。桌上没有文件，不会杂乱无章，所有的物品都各得其所。光亮的桌面，明亮的大窗户。我一直都对我井井有条的书桌以及位于城市顶端的豪华工作场所感到自豪。但我生活中的书桌又是怎样的呢？它很昏暗，很杂乱，没有优先权，没有结构，缺少勇气与决断力。为什么我花在生活中的爱与力量上的时间、精力要比工作少呢？诺亚的想法触动了我。我从未见过一位真正的印第安人，我甚至都不知道还有印第安人的存在。他关于人生财富的想法通俗易懂，语言形象生动，饱含人类与自然的关系、肉体与精神的关系以及愿望与需求的关系的思考。我得更多地了解他的理念，把它运用到自己的生活中，从而让自己即使不富有也会更幸福。

“拥有得越少，负担就越轻，这是我的理解。”我想了一会儿说道，“但你刚才谈到当下的生活。这和你拥有的财富有什么关系，又该如何活在当下呢，诺亚？当然，我很开心今天结交了一些人，但当我想到这一刻和今天时，说真的我会感觉很累，有点心烦，因为我毕竟丢失了我的证件。”

“你说的话反映出你看待这个世界的态度，我觉得很有趣。”诺亚回答道，“如果航班没有延误，你的钱包和证件没有丢，你现在应该就已经在目的地了吧？你正好会到你要去的地方吗？”“当然！”我大叫一声，仿佛看到自己正轻松地在多哈酒店办理房间入住手续。这真是太完美了！

“也就是说你现在并没有到达目的地，对吗？”“是的，难道这不够明显吗？我现在正和你坐在一起。”这位神秘的印第安酋长到底想说什么？“那你疲惫的身体也会同你烦躁的思想分离，就好比你与你想去的地方相分离一样吗？”

现在，我完全跟不上他的节奏。诺亚继续平静地小声说：“你的思想与身体是一体的。但你说它们两个是相互分离的机制。人们会这么做是担心自己身体的有限性。将思想与身体分开会给你安全感，保护自己的身体。”我仔细听着，诺亚接着说：“唯一重要的是身体与思想的结合。区别就在于‘是’和‘做’之间的区别。你最终是要成为一个人而不是做一个人。你的意识不存在于你的身体里，而你的身体却存在于你的意识里。你没有生活，你就是你的生活。所以你永远都不能失去它。很少有人意识到这一点，因为他们从不会停止追求。”

“你这是什么意思，诺亚？”我困惑地问道。诺亚回答说：“人类总是想去探索、解决问题，这是我们的本性。我们部落最年长的长老知道，对解决方法的渴求会导致新问题的产生。没有问题就会成为一个新问题。我们总在寻找某个人或东西来解决这些存在的挑战，因为我们没有勇气接受这种妥协的感觉。如果我们带着一直希望改变的情绪去生活，所有的问题就会消失。恐惧、孤独、无聊——我们只有直面这些感觉，才能真正释放自己，生活在两个极端之间的不朽之中。我们只知道赢或输，黑或白，这种明确的追求总是让我们陷入困境，但是对生活的信任会把你带到永生的中间状态。”

难道诺亚不会悲伤吗？他是如何对待失败的呢？因此，我问他：“碰到悲伤的事情如何应对呢？事情以悲剧的方式结束时，你会怎样呢？”“没有什么东西是永恒的。瞬间描述了生活的和谐，只要我们不与它抗衡，我们就能从中听到美妙的乐章。每一份快乐都包含真正的痛苦。即使我们认为它们两个彼此排斥，但它们总是一体的。

每一段结束都是一个新的开始，每个夏天之后必有冬天。我们总是希望避开寒冷的冬天，逃离痛苦，从而有机会真正体验生活的美丽。我们必须接受痛苦和快乐这两种感觉的契合。如果它出现，就接受它；如果它要走，那就随它去吧。”

“我不太明白，诺亚。当然，一切都倏忽易逝，这合乎逻辑，可是你如何在极大的失望之中发现夏天的美好呢？难道受伤和伤心不正常吗？”我说。

“当然。但是逃避会妨碍我们做出回应。我们遭受的每一次挫折和失望都会动摇我们创造的现实。人们感到痛苦、恐惧和孤独，然后立刻开始逃避，为了让自己有安全感，让自己感受到一些正能量的感觉。人们尽一切努力逃避痛苦，感受快乐。生活中出现痛苦时，我们要尽一切努力去终结它。有些人会使用药物分散自己的注意力，试着暂时忽视痛苦。你要成为你自身行为反应的观察者。你在生活中遇到痛苦时，你会逃向何处？你会一直远离去真正了解如何使痛苦快速消失的机会。因为害怕面对生活中最重要的看法见解，人们不会表明自己的心迹。在巨大的痛苦中敞开心扉，用温柔和爱恋看待恐惧与不安，你就会立刻解脱。张开手臂，用明亮温柔的眼神欢迎恐惧，走近令人痛苦的感觉，任何紧张和痛苦都会得到缓解。在一个未知的世界里，深深的信仰会给予你真正的智慧，让你想起一直存在于你内心的不朽。”

“诺亚，如果身上存在不朽，但感觉不到它，又该如何重新找回呢？”我若有所思地问。诺亚笑着点点头：“杰森，你知道什么是好的。我很欣赏你的好奇心。你可以有意识地控制你感知到的一切，而你所感知到的一切也在不知不觉中控制着你。你必须一次又一次地学会回归意识，否则你会迷失在无意识的茂密森林中，徒劳寻找自己的不朽，却没有意识到你在蹉跎岁月。”

离起飞还有 2 小时 20 分钟

然后他用食指指向鼻尖。“深吸一口气！”他说。我可以听到他深吸的一口气通过他的鼻子深入腹中，空气在腹中稍微停留一会儿，然后再次从嘴里呼出。他又重复了两三次，要求我也加入其中。我觉得有点奇怪，但我还是尝试了一下。一开始什么也没有发生，但呼吸了三次后，一种有趣且奇怪的感觉向我袭来。我周围行人的步速似乎在放缓。周围的声音越来越小，力量也发生了变化，仿佛每一次呼吸都能减缓世界的速度，自身也会涌现一种令人愉悦的平静，感觉就好像我能吸入平静、呼出喧嚣。当我们继续呼吸的时候，我们的目光交汇了。诺亚说：“这就是那一刻，彼时你会重新找回你的不朽，只要你感觉到那一刻，充分享受那一刻并且感知那一刻的质感。如果你失去那一瞬间，它再也不会回到你手上。杰森，每一次新的呼吸都会是一个新的时刻。唯一真实的时刻就是现在，没有欲望，没有遗憾，只有这个独一无二的瞬间，这一刻你可以笃信你对生活的热爱。用心活在当下，用心享受新的呼吸，沉醉于美好之中，在那一瞬间你将不朽。”

这时，我的手机恰巧响了，平静被打破了。是安吉拉打来的：“杰森，听着，”她冷静地说道，“这笔交易很有把握，我把另一家公司挤出了这场竞逐，你需要做的就是签名。”“你是怎么这么快做到的……”她像往常一样打断我：“杰森，你永远都不知足。你还有更多的事情要做，别忘了！”她不再多说什么。然而在我还没听清楚之前，我就把她的话给忘了，就好像我什么都没有听见一样。就好像寒风吹向厚夹克一样，她的话并没有完全传达给我。长期以来我第一次觉得我并不需要手机。

即使没有手机或笔记本电脑，诺亚也活得很好。而且我觉得，就算没有技术装备和接收器，但在无穷无尽的自然中诺亚与他生活的环境有着比其他人更好的关系，这是一个真实稳定的关系。“这个看不见的关系来自哪里？”我问，“你是如何做到同环境以及所有一切和谐相处的？”他解释说：“渴望未来拥有某物或害怕未来拥有某物会让人生病。如果人们永远活在未来，那从那一刻开始就是一场掠夺，这样的话人们就会失去与环境的亲密关系。恐惧和欲望是头脑清晰和心灵纯洁的最大敌人，也是影响两者关系的巨大障碍。人们不能满足于当下的生活，这就是为什么有这么多婚姻破裂，为什么那些拥有很多的人不能长久幸福的原因。恐惧和欲望是一切痛苦的根源。人们把正念[①]误解为一种不断变化的意识状态，这是不对的。恐惧、欲望和压力都是意识状态的改变。冷静的头脑和开放的心灵是人类的本质。人类冷静的头脑好比一片宁静的湖泊，晶莹剔透。阳光普照的时候，你可以看到湖底，洞察内心。生活总是会将新的土壤带入湖中，而恐惧和欲望会卷起这些土壤，让水变得混浊。通过休养和止念，湖水会再次变得平静、清澈。土壤沉入湖底，你会再次看到湖底。为此，休息是关键，它不可或缺、神圣至上，短暂的休息会让你成为自己思想的掌控者，你心灵的湖水也会平息宁静。”

“是的，当然要休息了！难道只是短暂休息吗？”我回答道，“如果人们暂时休息太多的话，完成的事情就要比别人少得多了。”诺亚说：“永远不要拿自己与别人相比，比较是一切不幸的根源。你的个性是从你停止比较开始的。”

诺亚用平静的声音继续讲一个简短的、关于满足和休息之力的

① 正念是以一种特定的方式来觉察，即有意识的觉察，活在当下及不做判断。

故事，与此同时，我能看到每一个从他口中说出的画面就像电影场景一样呈现在我面前：“在炎热的一天，一个目标远大的男人试图逃离他的影子——主要是逃离内心的黑暗。他试了很久，直到筋疲力尽，快要累死了。如果他停下来休息一会儿，坐在一棵大树下的话，他的影子就会立刻消失。”对此我无言以对。“对于那些了解自己力量的人来说，休息是神圣的，他不是在偷懒。放慢脚步需要休息。休息可以提高精准度，从而实现有价值的速度。休息才是真正的速度。单纯的休息会搭建一个雪白的银幕，在这个银幕上全新的想象和明朗、清新的想法可以创造出一个艺术品。”

我觉得内心的平静是对那一刻他所说的话的最好佐证。我停顿了一下，突然间感觉敞开心扉远胜于只是动动嘴皮子。

离起飞还有 2 小时 11 分钟

我一直坐在诺亚的身边，缄默不言。我感到浑身舒适，放松且温暖。过去几年，我一直在高强度地工作，我第一次静下心来，才明白工作的强度标准。不是因为风暴、混乱有所平息，而是因为我发现自身内部具有即使面临压力也能保持内心不乱的能力，好似沉静深深扎根于我的内心深处。我从未想到我的气息会对我的身体发挥如此重大的效力。“这让你感到非常好，不是吗？”在安静的空气中突然响起了诺亚温暖且让人感到放松的声音。“是的，这感觉非常好。”我低声回答道，“静谧确实美丽。”

诺亚点头说道：“‘静谧’这个词语并不像它表面那样让人觉得空洞乏味，恰恰相反，这个词包含对世间所有问题的回答。在我还是孩童的时候就已经学会，保持自身的静谧实则是一种敬意的表达。当所有人都希望你喧嚣或是大声表达时，你却能保持自身独特的安静和沉潜，这种感觉才是最美的。就如著名神秘主义者鲁米①说的那样：‘让花朵成长的不是震耳欲聋的雷声，而恰恰是润物细无声的雨水。’当你表达自己的思想时，最好在说之前，在平静中反复思量，这才是对自己和他人的真正尊重，才能让他人和自己钦佩。欲言又止这种思虑的方式会让一个普通的国王变成受人敬奉的神祇。人们可以闭上嘴巴不说话，可是用来倾听的耳朵却从来不会自动合上，此话属实。”

诺亚跟我描绘了在清晨太阳照射第一缕光芒之时，加拿大的湖面是一派怎样的景色：平静而看不到一丝涟漪的湖面如镜子般透彻，而你将你真实勇敢的目光投向湖面，明镜般的水纹也清晰地向你反射你起初的目光。若有几块小石头落入湖面，便会激起层层涟漪，

①波斯苏菲神秘主义代表人，被誉为“诗坛四柱”，名言“活在世间，却不属于他”便出自其口。

逐渐向周围散开。在恐惧、悲哀、死亡和疾病面前，如若能够保持沉着平静，那么这就是强大的象征，而诺亚在上一次从印第安人那里学到的团结合作，也是他的保护甲。至少，于诺亚而言是这样的。“可我不得不承认，我的民族却常常把平静看作是糊涂、愚蠢甚至有一些狂野。”他自嘲道，“在我成长的过程中，我从来不会认为，身处的大自然，一眼望不到底的山谷，几乎与天色相融的辽阔湖面，抑或是浓密的森林，这些事物都是‘野蛮的’。那些将我们从我们自己原本的领土中驱逐出来的人们，把荒芜地区不加区分理所当然地看作是‘野蛮的，未开化的’，因为他们不认识这些原始的生物，所以认为这些都是潜在的危险。但是对于我们而言，大自然却是温顺的、美妙的，是上苍给予我们的礼物。若是不真正腾出时间和自然相识、相知，自然也会忽略真正的美丽，杰森。当你开始把生活当作恩赐的时候，你也开启了时刻得到恩赐的大门。”

感受诺亚的话语，像感受上帝的话语，由此我第一次感受到从视窗中越过椅背照射在我脸颊上的阳光，外面的一架架飞机像慢动作一样起飞又落下，我几乎入了迷，而后感到丝丝的暖意充斥全身。

“相信自己，感到空虚时，应该时刻铭记这种感受。”诺亚边说边起身，“因着这种空虚而不断追求新事物的欲望会掩盖你本身生命中的美丽。下一次呼气时，尝试着闭上眼睛。”我不过认识这个神秘的印第安人片刻而已，但是他却带给我平静的感受，这种感觉引领我去相信他说的每一句话。我的每一次呼吸都仿佛着了魔似的让我慢慢合上眼睛，哪怕我的眼睛处于黑暗之中，我也丝毫不会感到紧张、担忧，而是更切身地在这种黑暗中寻到丝丝平静的光芒。我合上眼睛，仿佛刚刚意识到，我必须要这样做才能回顾今天在我身边到底发生了些什么。随着一次又一次的呼吸，我感受到我的胸腔不断起伏，我用鼻子不断吸气又呼气，由此而感受到空气慢慢地流过我的鼻腔。仿佛是经历了长途跋涉一般，在这一刹那，在这个地方，我看到平和宁静在向我招手，哪怕我之前并不知道这是什么，但相遇之时我却感觉我们如同多年未曾谋面的老友一般，未曾变得陌生。

诺亚的声音突然像从远方飘来一般："杰森，你听，在你周围发生了什么。"我身陷冥想难以脱身，因而诺亚的声音像从几公里外飘来似的，哪怕他就坐在我的身边。我如同被惊雷炸醒一般，听到了身边的所有声音：检票口的闸机声和行李箱咕噜咕噜的滚动声。声音在我的耳中如此清晰，清晰得仿佛我下一秒就能从空气中一把抓住这些声音似的。"你能听到的东西会成为你身体的一部分，你甚至能感到周身的能量在你的指尖、在你的灵魂深处缓慢流淌，杰森，你不妨直面你的思想、你的灵魂。"诺亚说道，"当你直面你的思想时，如同拨云见日，湛蓝的天空只为你而晴朗，你的思想就如同被乌云遮住的天空一样，你应该勇敢地说出你的所思所想，并继续发扬它。”我感觉我就像自己灵魂的观察者，在我静谧地和灵魂对话时，以前那些被掩埋的思想突然从尘土中跳出，并且继续深化发展着它的内涵。在这种和自己对话的静谧中，我感受到自己的力量，这种力量让我把重要的事情一件一件地理出头绪，也让我在短暂静谧中能够安享片刻。“静静地感受吧，杰森，感受阳光是如何在你的胸口流淌而过。”我听见诺亚在我的耳边说道，“起初只是一小束阳光在你身上照耀，紧接着这束阳光面积不断扩大，最后洒满全身。温暖的阳光先是从你的头顶照入，它像个顽皮的孩子一样在你的全身奔跑，抵达你的十个指尖，绕过你的脖子，跳上你的上身、你的双腿和你的双脚，阳光在照耀你周身时它的光芒仿佛看不到尽头。光芒最终也会照进你的灵魂，它像是你的双臂一般环绕你的臂膀。”诺亚的话字字珠玑，我听着他的每一个字，给我的感觉就是他用独特的话语为我空白的思想描摹一笔浓墨重彩的画面。诺亚接着说道：“现在你可以慢慢将思绪引回你的身体，慢慢感受你坐着的椅子，感受放在地上的双脚。感知周围的环境，嗅嗅你周遭的气味，最后用耳朵聆听，在你的四周有什么事正在发生。最后慢慢张开眼睛，将今天你经历和感受的一切在睁开眼的一瞬间储存在大脑中，让它们停留。”

我慢慢睁开眼睛，这一瞬间，我感觉自己恍若重生。身体达到理想的平衡状态，这种感觉和我每次休养放松之后的感觉如出一辙。诺亚仿佛点燃了我的激情。阳光照耀着我的身体，一种柔软的温暖席卷我的全身，这种感觉是我从来没有过的。刹那间我感觉自己靠在柔软的枕头上，置身云端。“刚才发生了什么，诺亚？”我小声问道，“你是如何做到让我这样的？”“我什么都没有做，杰森。是你自己的力量，使你在宁静祥和的知识净土走了一遭。当你从那片土地上满载而归时，一切都变了——不再是你生长于这个世界，而是这个世界生长于你的内心。你到达过的那片土地，至今仍有许多人不知该如何到达。但我可以明明白白地告诉你，当你直视你自己的思想和灵魂时，那里不再是海市蜃楼，而会明明白白地展现在你眼前，这时你又是一个全新的你。你对自己的想象和内心告诉你的话语之间存在很大的不同。这些话语只存在于你自己的脑海中。内在声音反复讲述的不幸是你自己思想的产物。一旦你意识到这种声音时，它就会消失得无影无踪，这时你清醒过来，刹那间你看到真相，认识到当下。你将与你融为一体。一旦你意识到当下，这个声音就不会存在。”

“那么刚才你让我做的事情，是怎样的原理呢？又是怎样让我有现在的状态的呢？”我依然疑惑不解。“很多人把这称为反省，而我更愿意称之为回归自我的一次旅行，几百年前在我所在的印第安部落中，人们已经开始推行这种寻找自我的方式，这种方式会让你找到你的初心，你的起点。”诺亚说着我感受到的力量的来源，也接着说如何看清自己，如何找到幸福。他说，这些实际上都能在我们自己的身体中找到答案，但显然，大多数人并不知道这一点。这无疑使我兴奋，我全神贯注聆听着每一个字。“很多人身上取之不尽的力量长时间以来都是未曾被发掘的，无法和自我力量建立起联系的人们其实可以清晰地感觉到，他们身上缺少什么。他们没有哪怕一瞬间是在这种力量中重生的，于是他们一生都在寻求其他的道路，寻求从其他的东西上获得促进自己的力量——只不过都是徒劳无功罢了。他们心存侥幸地、错误地以为他们可以影响他们的生活处境，这种情况也导致他们寻求那些本不需要的错误的东西。比如：新的伴侣、新的地方、新的事物。尽管他们追求的幸福就在自己身上，等待挖掘。有时候睁一只眼闭一只眼，不去苛求地找出错误，你才会发现万物的美丽，才会得到真正追求的答案，这时我们可以说，你才算找到了幸福，找到了力量的源泉。想要的每一个答案要么在世间的某个地方，要么就在自己身上。如何找到自己的初心，如何认知自我，这条道路应该是你一生都要奋力去寻找的啊。”接着诺亚又说道，“我们每天都用实际行动去做的事情，展示出的是我们的价值所取。有时候我们应该适当改变这条道路，但是冥冥之中我们的习惯像一个指南针驱使着我们，让我们认定这条道路是正确的。”诺亚指了指他的心口接着说，“重要的不是我们将会到哪里，而是我们在这条道路上走到最后时会成为怎样的人。冥思苦想也好，走向自我的旅行也罢，或是自我沉思也罢，这一切都在帮助你，在飞速逝去的时间中停留哪怕一瞬间，让你成为思想的主宰。”诺亚的目光深邃、平和，深深映入我的眼底。

“你会决绝地选择一个想法去实践还是让一切都自然而然发生呢，杰森？”诺亚接着问我。这问题不得不让我思考片刻。过去的大多数时间中，我一直有这种感觉，那就是我的想法无所作为，它想做什么就做什么，而我想我的，我干我的，互不相干。担忧、恐惧来去自如。“当你自信地采取措施，担忧自然会消散不见。你的担忧只是寄寓在你的思想中，它就像风中的纸张摇摆不定，漫无目的。而鸟就不一样了，它会飞得又高又快，直线般的飞行，从不改变自己的方向，有着明确的目标和清晰的视角。”

我又问诺亚，该如何与自我感觉打交道，比如悲痛、嫉妒以及恐惧，这些感觉都是我切身感受到的。它们常常束缚着我，而我却不知道能否通过自信的力量治愈痛苦。

诺亚说起身体的魔法力量，这种力量能打败令人不快的想法和情绪。“下一次，当你感觉消极的想法向你席卷而来时，你要非常自信并寻找身体中存在的魔力。感受从你的手掌中传出的力量，或是从胳膊、臂膀传出的力量，感知你的身体。在你这样做的时候，消极的想法便会汇成一股烟，从你的身体跃入空气，消散不见。”

诺亚话音刚落，我便马上开始尝试这种方法。我感觉指尖力量倍增，紧接着想法中躁动不安的那些声音马上安静下来。诺亚微笑道：“如何找到这种能量是那些长者的秘密，这个秘密让人们每天都有新的机会看到奇迹。在雨中跳舞，不只会让你变得湿漉漉的。你应该称颂赞美宁静的片刻时光，尤其是它的持续时间超出你的预期时。你应该练习自己的耐心，而不是在遇到事情时只是单纯等待它们发生。你得衷心感谢你读的那本书和它的作者，寻找生活中的一个个小奇迹。风平浪静时，烦恼烟消云散，它们在自信满满的思想中荡然无存，灵魂重新找回魔力。”

诺亚无疑是正确的。事实确实如此：当我自信地若有所思时，当我能为简单的事物心生喜悦时，当我的思想无法信马由缰时，我总能抽身出来小憩一会儿。诺亚低声补充道：“看看你的周围吧，其实每个人都在尝试告诉你，什么是好的，什么是坏的。杰森，我们不能简单地评判生活中发生的桩桩事情是消极还是积极的。发生的每件事我们只能说它是没有实际意义的，是中立的，还是平和的。你要尝试赋予每件事一个意义，制定自己的规则，拥有控制力，只有这样，你才会得到真正的自由。之后，你内心的海面风平浪静，没有波涛，寂静无声。你什么也听不见。你决定前行的方向，你是大自然，此时的你仿佛一只鸟从高空俯瞰，洞察一切。你是否有过这种旁观者清、当局者迷的感觉？譬如，在你看电影或者你的朋友出现问题抑或你与朋友的关系发生不快（冲突）时，作为局外人，你总能说出解决问题的办法。”

“是的，我有过这种感觉，和你的看法出奇一致。”我回答诺亚。“你之所以能够顺利地找到解决方法，是因为你在这个场景中只是一个局外人，杰森。但你知道吗，其实你思想的力量也能让你轻易找到答案，只不过你要相信那一瞬间会让你有更好的认识。要想找到答案，你得成为你灵魂的观测者，否则只有那些局外人才能看到它们。你生命中最大的责任是忠于自己。证明一切给自己看，而不是别人。每天早晨至少腾出少许时间给自己，给予自己片刻宁静。闭上双眼深呼吸，你思想的力量会像大树一样茁壮成长。在你真正相信自己时，寻求的真相会浮出水面，但这是一种什么感觉，你的内在声音最清楚不过了。只有感觉到这种感觉时，你才会注意到它，杰森。”“那么我如何感知到呢？”我马上问道。“你会感到幸福。”幸福可不是那么容易的事，我追问道：“你的意思是说，我的幸福取决于我是否信任自己，对吗？”“你如何和别人交往表明你如何和自己打交道。你内心的声音，对你的忠诚，这些都会反映在知足常乐的生活中。而内心的声音总是正确的，它能引导人们走向幸福的最高点。它就在那，你只有放下很多并不重要的东西，才能找到它。

深呼吸，闭上眼睛，让世界停下来，放手，引导你的声音会告诉你应该怎么做，杰森。没有一句话，静谧无声。这声音告诉你的话语实则是一种价值，这价值又是你可以自己规定的。”“我该怎么规定这个价值呢，诺亚？话语的价值难道不一样吗？”我仿佛一个年轻的印第安人，此刻被酋长引领着进入神秘生活秘籍的学习。“你是个商人，假设你在一个项目中投入更多的工作，会发生什么？”“这个项目会变得更重要，更优秀，同时更有价值！从逻辑上说是这样。”我回答。“是的，你内心声音同样适用于生活，杰森。当你给予生活中平常的事物以更多的关注、更多的价值时，也就是说，你更多地投资于生活中的日常小事时，它们会自然而然地更有价值，引导你的话语自然也和别人的不同。突然你能清晰地听到什么并恍然大悟。当你尊重一个平淡无奇的夏日清晨时，它会变得意义非凡，你会看到它别人无法看见的方方面面。有时候，走出去反倒意味着走进来。每天的第一缕阳光，在温柔的风中穿梭而过的鸟儿，清新的空气，散发清香的花瓣，这一切预示着全新、健康的一天的开始。内心的声音告诉你似乎无法看见的万物无尽的价值，好好聆听吧。”

离起飞还有 1 小时 57 分钟

我长久思忖着诺亚所说的内心声音以及时机的价值。我回忆起生活中的点点滴滴、时时刻刻，我深深地感到我也许并未做出正确的决定。我也意识到，我心中的声音——就像诺亚所说——对我忠诚有加，和我说起什么才是真正的价值。尽管我听不见它们大声说话，可是，这个声音却是正确的。它们对于我生活中最重大问题的答复、对于每个崭新瞬间、时刻的乐趣早已成为生活的一部分，我不得不相信内在声音。这种想法让我如释重负，给予我安全感。

诺亚表情轻松地朝偌大的机场大厅望去。许多声音——匆匆忙忙的脚步声以及扩音器发出的声音——由于寂静之力而变得沉默寡言。每个人拖着沉重的行李从过去走来，可是并不拥有容纳无尽未来的空间。今天我在登机口 C30 碰到的人让我一吐真情。

诺亚的目光游移在看似无边无尽的登机口上，接着他说道："这里的每个人都有目标，有不光彩的黑暗时刻，也有他的辉煌时期。很多人不知道如何抵达自己的事业巅峰。""诺亚，你这是什么意思？你认为许多人迷失了自我？大多数人看似知道他们往何处去，你也这样认为吗？""许多人根本不知道有路。他们只是跟在别人后面跑，就像在这个机场。只有明白自己可以找到路的人才会开始真正的旅行，才能教会你很多东西，给你讲述他走过的许多地方。现实是你并没有坐在你的飞机里，可它却给予你一次货真价实的旅行。"

我沉思一会儿，想想他的话语，明白了他用心良苦。尽管我今天尚未离开机场，可是我到达了生命中从未抵达的深处。

我陷入诺亚为我打开的思想不能自拔，根本没有注意到诺亚这期间是否穿鞋。我没看错吧？他真的是光脚吗？“诺亚，我能问问，你为啥不穿鞋呢？”我最终说出口，觉得这一切与众不同。

“用脚接地气，这很好啊。我小的时候，部落老人常常光脚走路，他们或坐或睡在神圣的地面，为的是能够沉思、有更多的感悟。杰森，我们与地面常常相距甚远！人们生活在高楼大厦中彼此形同陌路，远离地面，可是地面支撑我们、给予我们生命，没有谁比它更了解我们。你可以和自然融为一体，它给予你一切，从不索取。你去感受它的魅力吧，散散步，赏心悦目于它的杰作，惊叹于它的鬼斧神工，你将获得难以言表的乐趣和真实。脚踩地面、从不缺少地气的人才会对生活有更深的感悟。”

我深受感触：“这听起来不错，诺亚！可是在机场不穿鞋难道不奇怪吗？我可以理解在森林或者草地不穿鞋。可是登机口不是天然的大自然啊！”

诺亚笑了笑，看着眼前的地面，抬起手掌，轻轻地说道：“一切万物都有个性，唯一的区别在于形式不同。知识深藏于万物中。

大自然和我的环境总是我的图书馆。连同石头、枝叶、泥土、瀑布、动物、植物我们一起分享着暴风雨的快乐以及世界的幸事。我们就像一个人一样一起学会从大自然中感受美丽、有所领悟。我们不会嫉恨暴风骤雨、彻骨的寒冷抑或干燥的炽热。尝试这一切毫无意义。我们已经习以为常，无人抱怨。只有这样我才可以感受大地的赐福，因为大地支撑我并让我活动。”

“大地让人活动？难道你不认为人们在大地上活动吗？”我难以置信地问道。“生活就像爬山，”诺亚说道，“你总是可以抬起头，抬头望向高处、望向你的目的地。可是路途遥远，充满风险。大地总是给予你新的认识。回头看看你所走过的里程，这一些都是拜大地所赐。各种各样、与众不同、从各个新视角观赏到的景色无比美丽。从峰顶、从目的地看到的就是高点，这就是广义上的真正含义。可是，杰森，千万不要以为你到了终点旅途就结束了。大地依然承载着你尚未走过的脚步。每座山峰都会让你认识到还有下一座山峰去攀登，为此，你需要远见、理智和勇气。旅行远未结束，因为你一再征服的不是山峰，而是你自己。对于冒险、新的感受的乐趣才是幸福的不竭源泉。只有你不断进步，你才会幸福。进步就是乐趣。幸福的对立面不是不幸福，而是无聊，而无聊的对立面是兴奋。寻找令你兴奋的东西，这样你就会幸福，你才会感受到之前无法预测的幸福之力。热情是你过上好日子、达到人生顶峰的通途大道！”诺亚站了起来，握着我的手，轻声说道：“一路顺风！”

“诺亚，等等！你不是想帮我找到我丢失的证件吗？”我喊道。“别找了，你会发现更多要找的东西！”诺亚说着离开了。我看着空空如也的座椅，诺亚刚才还坐在那。到底发生什么了？我做梦了吗？我朝着诺亚——这个神秘的印第安人——走的方向看去，只能看到熙熙攘攘的人流。与我内心深处震惊的思想相比，世界只是忙忙碌碌。我有种感觉，突然可以看见机场的混乱。诺亚刚才告诉我的东西让我看到了更多之前看不到的东西。我可以以旁观者的角色观察，而不用深陷茫茫人海，不能自拔。我感觉到自己的呼吸声，此时此刻我内心清明。我知道的比别人多。我以前在书中读到或者在电视纪录片上看到说，人们可以生活在“当下”，我从未认真想过这句话，也从未相信过。对我来说这一切好似神秘的占星术。可是现在我终于明白了什么才是重要的——在机场候机大厅，一个成长于印第安保护区、光脚的印第安男人给我上了一课。眼前发生的一切，以前我没有经历过，现在的我就像在借助一个时光放大镜审视周围的世界。

玛利亚站在机场候机大厅末端银灰色电梯门口，紧靠之前我和梅尔吃三明治的那家快餐店。我朝她走去，静静地注视着她的眼睛，给她讲述诺亚，他看似一无所有，可是拥有一切，亲近自然、亲近让有害思想消失无踪的宁静。向她讲述说，我曾经长达几分钟紧闭双眼，感到无以言表的思想力。要是我像诺亚建议的那样，每天都那样做，又会发生什么事情呢？我告诉她，我打算利用内在声音做一个更好的爸爸、更好的丈夫，我打算少思考，多体谅别人。我想告诉丽兹和孩子们，她们对我多么重要。我打算像以前那样和她们在一起。

玛利亚从绑在保洁车上的一个垃圾袋中取出一个垃圾袋给我，并给了我几张便签本的活页。我把诺亚所说全部写了下来。玛利亚注视着我的一举一动，仿佛她为我感到自豪似的。

人们索取比付出多得多，因为他们想拥有的比他们需要的多得多。

许多东西妨碍你认识事情的本质。

只有根深蒂固，大树才会结出硕果。

分清什么是“成为”，什么是“现在”。

没有问题会成为新问题。

如果它来了，就接受它。如果想离开，就随它去吧！

深呼吸！

恐惧与欲望是冷静的头脑、纯洁的心灵的最大敌人。

宁静从不空虚，充满答案。

冥思苦想：一次回归自我的旅行，在那里你会重新认识自我，你将回归原点。

到哪里无关紧要，重要的是在这条道路上我们成为什么人。

证明给自己看，而不是别人！

邂逅迪拉拉和鄂明

爱是为了爱别人，做孩子的表率

“杰森先生，我有东西给你。”玛利亚说道，把手伸向围裙。我不敢相信自己的眼睛。她笑眯眯地掏出我的钱包、我的护照和我的机票。“玛利亚，简直难以令人置信！”我喊道，简直无法掩饰自己的幸福。我抱住她的脖子，用力拥抱她。由于高兴我几乎可以把她举高几公分！我所有的证件都在，甚至所有的信用卡以及现金都在钱包里。我高兴得简直要飞起来！“你在哪找到这些东西的？”我兴奋地问道。“就在登机口附近，就是今天早上你曾经坐过的地方。你的证件掉在座位之间。离你找的地方很近，要想找到它，你得彻彻底底地打扫一番。”

我极度兴奋，笑个不停——简直难以令人置信，机场扩音器的声音将我又带回现实当中：“请乘客杰森·库珀先生前往登机口C30。”

“您是库珀先生吗？”登机口 C30 柜台旁一名机场工作人员问我。“是的。”我狡黠地说道，依然幸福无比。“我们乐于为您这样的公司服务，”他笑着说道，“定点飞机与商务飞机通用航空候机楼打电话给我们，您的公司为您预订了一架飞往多哈的商务飞机。

请您跟我来，我帮您拿行李。我们得抓紧时间。”

我高兴得简直要大声笑出来。“难以置信，简直难以置信！”我再三说道。对我来说今天确实是与众不同的一天。我如痴如醉。这么短的时间内，我认识了这么多有趣、难以忘却的人，获得了这么多新知识以及这么多货真价实的好点子，而且现在我还要乘坐商务飞机前往多哈缔结决定我命运的合同。我感觉自己不可战胜、幸福异常、精力充沛。要是玛利亚听到这些该多好啊。我简直不敢相信。

我们快步走向通用航空候机楼。透过宽大的玻璃窗我看见一架白色的飞机。这时我感觉手机在振动，是有人打电话给我。肯定是安吉拉或者同事们，他们想告诉我这个好消息。我接通电话，听到丽兹的声音。她的声音与以往不同：“杰森，我要你回家。我需要你的帮助。安博今天上学时……”我很高兴听到她的声音，可是我打断了她并说道：“丽兹，亲爱的，我还不能回去，我得去坐商务飞机，我得乘坐上午的飞机前往多哈。飞机延误到明早，我的证件也丢了，现在又失而复得。公司给我预订了一架商务飞机，这很疯狂，不是吗？我遇见很多有趣的人，我得好好给你讲讲，很长的故事。我们得抓紧时间。一旦飞机着陆、合同签订，我就打电话给你，好吗？”

我什么也听不见。“喂，丽兹？”她挂断电话了吗？可能信号不好。

我感觉，坏天气席卷而来，天空虽然晴朗可是阴云密布。

外面，传送带在风中发出嗖嗖声，商务机一侧的小舷梯为我打开了，这时我的手机再次响起，又是丽兹。“亲爱的！”我说道，“又是你，我知道，我们的通话中断了。可是现在信号也不好！”外面狂风呼啸、传送带发出吱呀声，我很难听清楚她在说什么，只能隐约地听见丽兹在说：“杰森，我爱你，可是你不再是当初我嫁的那个人。现在全家人都需要你，我一个人根本不行，可是你逼得我没有办法只能独自应对。”我听见她在哭泣，“我撑不下去了，请你原谅，你回来后，我们聊聊。”

回程前不久

时间停滞了，我几乎连手机也拿不住了。眼泪夺眶而出，仿佛我的所有蝴蝶突然死亡了一样。

“一切还好吧，库珀先生？现在您得登机了，您飞机的机位是固定的，我们得严格遵守。另外，天气也越来越糟糕。如果我们不马上起飞，今天您就起飞不了了。”我听到这位机场工作人员在不远处说道。

“不！”短暂停顿后我说道，“我不飞了！”

我在机场盥洗室注视着镜中的自己，感觉眼泪簌簌而下。我不得不用双手扶着洗脸台支撑自己，我感到软弱无力、绝望不已。我失去了一切：我的妻子、我的孩子、我的生意，还有我的工作。

我把自己关在盥洗室的小阁间里，身体倒向地面。我慢慢闭上双眼，这时天黑了，一片静寂。好像我的一部分身体已不复存在，我第一次产生一种想法，要是我自杀了到底会发生什么。谁会真正为我哭泣呢？谁会守在我的墓前呢？

永恒消逝了。

敲门声将我带回现实中。“杰森先生吗？”我听到一个温柔美妙的说话声，是玛利亚。我向她讲述了一切。我向她敞开心扉，之前我还从未向别人这样做过。话语如泉涌般纷纷道出，我顿时如释重负，卸下了所有面具。玛利亚听着我的一言一语，说道：“你的灵光熠熠生辉，杰森先生！”我们的目光最后一次交汇在一起。

有时，我们的双眼得用我们的眼泪清洗，这样我们才能看见全新的东西。我现在才知道我要做什么。此时此刻我做出决定，这个决定仿佛我生命中为数不多的几个明智之举：我得回家！我拿起提包和所有证件出发了。所有人向我走来，而我却走向另一个方向。我感觉到他们注视着我，他们只看到他们想要什么，无非就是昂贵的西装以及看似富裕的生活。

人们要的不是房子，他们想的、要的是房子里发生的故事。外面的人想进入我的生活。而我，只想从我的生活往外看，只想出去，想回家。我不再和别人攀比。我要做的事情完全符合我刚刚寻获的对于成功与进步的新注解。人们无法进步的原因在于他们害怕有所舍去。与此同时，他们看不到可能进入他们生活的崭新机会。

我擦掉脸上的泪花——我的任务越来越清晰可见。我想回家！为此，我的脚步越来越快，因为我发现，每走一步，我就越发觉得我踏上了正途。在漫长的滚动传送带上我迎面碰见罗伯——这位前超级经理，他已经成为一名悠闲的冲浪运动员。此时他再次背起双肩包，肯定是前往登机口 C30 搭乘航班前往多哈。他注视着我，好像知道今天发生在我身上的一切一样。他朝我眨眨眼，只说了几个词：“朋友，一路平安！”

我感到一股无比巨大的能量，全身充满自信以及做出决定的快感。我看见所有障碍、所有怀疑以及所有后果。我只有一个目标：

我要回家，回到家人身旁！

踏上回家之路

我把飞往多哈的机票改签，以便尽快回家。另外，我买了四张飞往圣·特尔德鲁的机票，它是撒丁岛的一个村庄，我和丽兹在那儿度过了新婚蜜月。我想在那儿向她和孩子们证明我还是可以像以前那样做丽兹的丈夫和孩子们的爸爸——那个丽兹真正所嫁的男人。我们全家做一次家庭旅行——充满真实的爱和真正的关心，没有压力、无须工作。

我没料到还能再次见到丽兹和孩子们。飞机准时起飞。我感觉自己仿佛长上了翅膀，我得以从高空俯瞰世界。我的头靠在座椅靠背上，我能感觉到飞机起飞后缓慢爬升，周围一切静谧无声，我踏上了回家之路。

就在我思索选择直接飞回家解决问题是否妥当时，突然被一阵大声喊叫打断思绪。我吓了一跳，马上向四周望去。发生什么了？事故？原来是坐在我旁边的一个小男孩爬上爬下、沉溺于游戏而大叫了起来，我如释重负。我皱了皱眉头，朝他看了一眼，他忙于游戏，乐此不疲，这一点对我来说印象深刻。他没有玩具，只是充分发挥他的想象力和思想力。他知不知道这种秉性多么宝贵？想象力给予他翅膀与力量，他飞得比飞机更高、更快。

“请原谅，他就是一个活泼好动的家伙。”坐在我旁边的一位年轻女士说道。“这一点太像我了，嘿嘿！”我听见一个男人的声音，他坐在这位女士旁边。两个人会心地笑了笑。很明显，这是一家子，他们集体出行。“对不起，先生，”这位先生说道，“我叫鄂明，这是我太太迪拉拉，这个小家伙是我的儿子齐凯。”“可爱的小家伙，”我说道，“他确实乐在其中。”夫妻俩笑了，鄂明回答道：“他是个孩子，所以他乐在其中，他还能看到魔力。”这位年轻父亲的话让我兴趣十足。要是我没有理解错的话，每次谈话都有无可估量的价值。这对小夫妻让我想起丽兹，想起我们的婚姻初期。我想知道一切，有关这个孩子、魔术师以及这对小夫妻的爱情故事。今天我已经学会了一生中重要的东西。我明白，千万不能停止学习、问询或者只是简单地倾听。我肩负使命，兴许这是拯救我的家庭和我的生活的最后机会。

我看着这个小家伙依然一边在他父母的座位上爬上爬下，一边玩游戏，于是我说道：“我经常禁止我的孩子们做很多事情。我有两个女儿，一个叫贾达，一个叫安博。两个都还小，她们是我的骄傲。不让她们做一些事情，给她们立规矩这是我作为父亲的责任和义务，因为我常常不在家无法照顾她们，难道这不对吗？难道你们没有为齐凯立规矩吗？”这对小夫妻大声笑着：“当然有规矩了。规矩与其说适用于孩子，倒不如说更适用于我们大人。”“这是什么意思？”我马上追问道。“这个你们大人得给她们讲明。”我注意到，我们的谈话越来越深入了。

“孩子需要榜样，他们不需要批评家，也不需要老师。孩子们很少做别人强求的事情，他们总是做别人示范的事情。很难相信，其实他们才是极佳的模仿者。正是这种能力使得他们能够轻而易举地学会那些最复杂的事情，譬如说话、站立、走路以及画画。他们模仿看见的所有东西。所以，我们得给我们自己树立规矩，给他展示能够让他进一步发展的东西。一个好榜样往往比一个好建议更能够收到事半功倍的效果。”

我被这个视角转换深深触动，我决心学习更多的知识。这听来意义深刻，我回想起那些场景，我看见父母们朝孩子大呼小叫或者面对孩子失控的景象。父母们在孩子面前你争我吵、言行不一、没有自控力、放荡不羁、虚伪狭隘。明白孩子们只是简单模仿他们在父母身上看到的东西是一种全新的感觉。我马上意识到，很多事情我本可以采取另外一种做法。我马上想到规矩——它们不是给孩子树立的，应该是给我自己树立的，而我常常无视规矩的存在。

“一个富有价值的想法，”最后我说道，“人们常常在考虑孩子的未来时忽略这一点，以及孩子模仿一切的事实。”

“确实是这样，”迪拉拉说道，“相较于和谐共处，他们更加关注孩子的未来，这种做法相当危险。它阻碍人们认识一些重要的问题。你所能给予孩子的唯一一件事便在当下。”我想起和诺亚的谈话，明白对瞬间的关注不光对我，对孩子们来说同样重要。我过去总会去想，孩子们未来会怎样，却忘记了她们今天已经是她们自己。尽管我无时无刻不为她们感到幸福，可是我只为着未来考虑从而去塑造她们。

“从什么时候开始人们成为孩子的榜样呢？”我问道。“从头开始，”鄂明斩钉截铁地回答道。“从头开始？不管孩子们几岁？孩子们常常记不起小时候的许多事情，至少在我这是这样的。”我说道，我试图回忆自己的童年时光。“你的回忆就像一个孩子，他在海边踯躅徘徊。你不知道他会拾起小贝壳还是石头把它放在小宝盒里永远保存起来。即使你永远不会知道小宝盒里是什么东西，那东西却永远在那里。”

尽管我看不见它们，可是我对我一生的回忆依然历历在目，它们如影随形。我思考鄂明说起的这个问题——儿时回忆永存。“如同柔软的混凝土，什么东西落到上面都会留下烙印。因此，对我们来说，我们现在要留意会给利齐留下哪些印记，我们给他做出哪些榜样，我们给他展示哪些事实。培养个性强大的男子汉比治愈心灵受到伤害的男子汉容易得多。”

“你俩是怎么认识的？”我问鄂明和迪拉拉，我期待听到这对小夫妻的故事，也想了解他们这些奇思妙想的出处。“我们两人都是演员，”鄂明回答道，“我们俩是在布尔萨土耳其国立剧院演戏的时候认识的，我俩一起演的戏。认识一个和你同样有激情的人的确是一件匪夷所思的事情，这有助于消除误会。我们读同样的书，对生活有同样的看法、同样的价值观，我们参加同一个社团，我们都真实率直。”“请问，真实率直的共同点从何而来？是因为你俩都是演员嘛？”“没错，”迪拉拉说道，“就是因为我们善于扮演不同的角色，对我们来说重要的是二人之间患难与共、休戚相关。坦率、真诚、展示各种缺点以及性情的方方面面，这才是真正的感情以及真正的夫妻关系。扮演角色，塑造其实并不存在的另一个世界，它仅存在于别人对你的想象中，没有灵魂。”

我想起无数次我在丽兹面前扮演的角色，不真实，极度空虚，仿佛仅仅是出于恐惧，我戴了一个表情呆滞的面具掩饰我内心的真实感。我并不指望会永远卸下这个面具。

“坦率和真诚是一门艺术，人们每天都要去刻苦练习。”鄂明说道，继而谈起维系两个人的真实情感，就像电影银幕。银幕上的颜色就是最深层的情绪，它们借由无法抗拒的真情实感、脉脉含情以及两手相牵汇聚成真实的生活共同体。“表演中重要的是字里行间的话外之音、演员的真情实感以及故事后面的故事，”迪拉拉说道，“重要的是人，而不是服装道具。我总能看到很多人，他们醉心于花朵而不是根须。秋天来临时，树叶落了，他们不知所措，他们指责爱情难辞其咎，于是春天来临时他们又去寻找新的爱情。就这样，日复一日，年复一年，他们在寻找更美丽的东西的过程中失去了自我，成为他们自己剧本的演员。道具就是人们中意的服装，找到共同体的捷径就是和令自己喜悦的人组建一个共同体。这当中许多人忘记回归真实的生活，总是无休无止地扮演他们的角色、掩饰他们的错误。但正是这些错误使你的内心不断得到完善，为此你得向别人敞开心扉、展示一个真实的自我——这才是真正的你。

着陆前不久

我们的飞机遭遇气流，有所颠簸。有人送来了饭食，我尝试着吃点小塑料碗里的沙拉，虽然机舱有点晃动可是没有什么东西洒出来。这时，迪拉拉突然说道：“利齐是意想不到的产物。”我马上感受到迪拉拉的真情实感，就好像透过锃亮的玻璃舷窗我能看见一切，我能透视她的心灵深处。“我们马上高兴起来。幸福并不像大家想的那样突然而至。中大奖的彩票还需要填好数字并购买它。孩子是大自然的产物，这样世界才会不断前进。我们现在成为一家人，我们相互需要、相互支持。”我很好奇，于是问道：“你是说，共同生育的孩子深化你们的感情从而进一步巩固二人共同体，对吗？家人在这个共同体中相互需要、相互支持，对吗？”与此同时，我想到目的共同体。于是，我问自己，真正的爱情是否受外部环境的影响，年轻夫妻到底是相互需要还是相互爱恋。鄂明笑了笑，解释道，人们去爱不是因为人们孤独。“人们的爱情不是因为需要别人才去爱别人，而是因为爱别人才需要别人。”

这个言简意赅的句子让我深思，我回忆起生活中的点点滴滴，我分不清爱恋与习惯、需求与愿望、付出与给予、搜索与发现。这对小夫妻关于爱情知之颇深，而我却一无所知。他们年轻得很啊！

“你们怎么如此深谙此道啊？”我问道，希望他们给出一些建议，譬如入门指南、知名夫妻相处理疗师的专题讲座抑或是其他策略，使得二人的相处轻松自如、游刃有余，如同游戏。他们怎么和谐相处的。鄂明和迪拉拉相视而笑，回答道：“我们只做正确的事情。”

“即使没有人做过、没有经验，做正确的事情仍是一个良好的进步方式。”鄂明补充道，用手搂着迪拉拉的脖子。迪拉拉补充道：“我们做的很多事情非同寻常，事实确实如此。”她躺在鄂明的怀抱里就好像他们在家里似的。这不是一个单纯用手搭建的家，而是一个内心纯洁、充满无限温馨的家。

“迪拉拉，你这话是什么意思？”我问道。难道这对夫妻做的事情和别的夫妻做的事情有所不同吗？他们的相处方式与别人的相处方式完全不同吗？我真能在飞机上在这对年轻夫妻身上找到幸福婚姻的秘诀吗？

“我们常常像孩子一样！”迪拉拉说道，两个人再次大笑起来。“一个孩子从不逆来顺受，我们也这样。我们相互作弄，相互藐视，从未失去对这个共同体的兴趣，也未失去对我们这个团队的乐趣。大人可能互斗，彼此胡言乱语、谩骂不已，而孩子们却可以充满想象力且不受限制地讲述故事。我们不会告诉生活它应该怎样，好像我们可以约束它似的。相反，生活告诉我们它想要什么，这样才会一再出现无数崭新的可能性。我们因而共同享受时光、共同成长，让生活按照它固有的节奏进行。”“你们是怎么做到的？”我迫不及待地想知道答案，想起我和丽兹度过的美好时光。我们一起欢笑，好像乐趣仅限于彼此而已。在这些美好时光中，仿佛乌云之后便是阳光普照，仿佛谁碰到它，谁都会笑脸相迎。这种转瞬即逝的时刻一而再，再而三地发生，只是我不明白它是怎么发生的、如何发生的。鄂明和迪拉拉如何学会在他们度过的每一天都能共同体会这种感觉的？总是这样生活切实可行吗？

“爱总是被给予。因此，爱是无私的。我们爱别人并不是为了得到爱，我们爱人只是为了去爱别人。重要的是，找到一个能因为你的与众不同而爱你的人，而不仅仅限于此。如果能找到这样的人，那么你就能找到真爱，你的内心就会为你指明你要做的事情，这样基于二人的共同体就会得到增强。那些看不到的东西其实就是阻隔外界的密切联系。”迪拉拉说道，“爱人就像两棵树，虽然它们是两棵截然不同的树，可是挨得够近它们就能成为一对，不过也要适度分开、隔离，以便在荣耀中独立发展、成长。很少有人明白，紧挨着的树木常常盘根错节、相互交织、无法分离，正是这样，根茎结实坚固地支撑着树木。只要它们精诚团结，任何狂风暴雨也无法撼动它们。找到爱情往往就是寻找爱情的终点。给予别人爱虽然只是一小步，可是它却能创造无与伦比的价值。”迪拉拉讲起她和鄂明每天如何互诉衷肠，如何表示爱慕之意，而且他们一直在这样做。

“我们家原籍意大利。”迪拉拉笑着说。这也说明在她谈论爱情、乐趣、情绪、家庭以及团结时为什么这样爱做手势。她一直强调，一个家庭不允许遗忘任何人，也不允许落下任何人。“你明白，重要的是生活中他们和谁在一起。我——一个年轻女子来到土耳其。我出生于罗马，出生在一条贩卖丝绸的克洛塔萨比诺大街，紧靠游人如织的罗茉莉咖啡馆。每天早上，我听到压榨咖啡机的噗噗声以及咖啡馆里客人的欢歌笑语声。他们的谈话好像歌唱，就是在这种氛围下他们分享交流他们的乐趣。刚刚烤制的点心和刚刚磨好的咖啡豆的香味令我回忆起我的童年时期。”我听着迪拉拉饶有兴致地讲述着，似乎能闻到咖啡豆和点心的香味。

“我乐于表达自己的情感，当语言显得苍白无力时，可借助自身充沛的感情来表现。人们总想知道，他们得做些什么才能将世界变得更美好，才能结束战争以及带来和平。其实最重要的是：回家和热爱家人。仁爱始于家。家里总是有很多欢笑、拥抱、真正的眼泪、真正的乐趣——充满兴奋感以及发自肺腑的真情实感。嘴里说的东西往往是内心无法感知的东西。”迪拉拉说道。我马上回忆起无数次情景，我的话语往往在成形之前就会发生改变。然而事实确是无法表达、难以言表的。

鄂明补充道：“人们害怕向别人表情达意，因为他们担心得不到回报。不要做只说‘我爱你’的人，而是去做那个还没说就可以让话语成真的人。每个人都会有爱，都期待被爱，可是不要仅仅满足于爱别人，还要爱自己、爱幸福。”

仿佛这对小夫妻知道关于爱情和夫妻相处之道的所有东西。鄂明和迪拉拉看似是一对新手——没有经验，但却凭借对于爱情和永无止境的学习过程的独到见解让人萌生敬意。“接下来的时间你要学会什么是爱情。”鄂明说道，并论及对于善的信念，只有坚持善的信念才能亲身体会何为善。

“不行善的人又会怎样呢？伤害他人、欺诈他人的人又会怎样呢？”我又问道。“如果你不心存善念，世界对你来说永远都是邪恶的。真正的善念赐予你和平，随之你就能找到爱情。”迪拉拉说道，继而补充说：“为防忘记善念，需要一而再再而三地一起回忆善念。譬如鄂明和我一起相互把一些事情记录到一本黑色记事本上。每个人都有一本，每个人都要把所思所想记录到对方的记事本里。这些记事本是维系我们共同时光的书。一切好东西、货真价实的东西都应该记录下来。”迪拉拉给我展示了一本小的黑色记事本。鄂明也有一本，从外面我可以看见明信片以及粘贴的相片。这两本记事本一定记录着这对夫妻一起经历的很多事情以及将二人维系在一起的东西。这两本小册子仿佛就是他们爱情的灵魂，固化在往昔每一天的感情、画面中，固化在他们相互分享、相互给予的思想与话语中。

不只是面对面的交流，两个人所说的话还永远地保留在这两本小册子里，如果需要，可以信手拈来。他们只需不时地翻阅就可以回忆起那些一起经历的场景、相互给予的感情以及相互倾诉的话语。这两本小册子包含的远不止话语和图片，它们是对感情和共同度过的时光的集体回忆。他们坚守的话语被记录到相互书写的小册子中就像冬日的鲜花一样总是能够给予人们无限的遐想。

我了解相册的含义，可是我觉得这个点子——共同撰写记事本更美。“我能问问，记事本里都写些什么吗？”鄂明把他的记事本递给我，说道：“我们把所有可能的想法和情绪写进对方的记事本里，然后进行交换。这样，迪拉拉能够读到我的想法，我能读到她的想法。这两本小册子就是我们的基础，每增加一个新经历、每增加一个新词，我们的基础就愈加坚固，这里就有我们的价值观。我们相信的任何东西令我们欢欣鼓舞，包括一起经历的故事、对一起经历事物的想法、相片、门票、相互撰写的书信等，还有就是我们相互给予的勇气、共享的恐惧以及我们坚守的转瞬即逝的美好时光。人们常常低估共同经历的事件、一个接触、一句暖心的话，甚至是稍稍一点关注的力量。将这些事情记录下来是共同回忆的捷径。记事本里的话语是唯一真实的相互赠予的无价礼物，因为这意味着时间和真爱。所有维系我们感情的东西就在这两本小册子里，并将矢志不渝。”

我喜欢这个点子——两本小册子的点子，鄂明和迪拉拉把他们的想法写进去进行交流。我在设想要是我和丽兹能写一本书该多好啊，在这本书里丽兹可以把她对于我们婚姻的看法以及关于我和家人的那些好言好语全都记录下来。我多想把我对于丽兹的看法简简单单地记录下来，记录我想留下可是我又不得不离开的时刻。我多想借助一本简单的书让时光倒流，把那些最美好的感情重新唤醒。为什么我从来没有这样想过呢？有多少价值连城的话语随着时光的流逝渐渐褪了色？记录事情轻而易举，可是给别人记录不同的东西却是一件意义非凡的事情。

“我要是孤身一人觉着不爽的话，我就可以随便打开一页读一读鄂明对于我的看法、对于我们的看法以及对于这个家庭的看法，直到重新燃起对于我们共同拥有的东西的乐趣。”我在想，要是我也能把这样的记录本引进我和丽兹之间的关系，丽兹会多高兴。“确实是个好主意，我敢肯定，一起坚守那些共同的时光，尤其是那些情绪、价值观、夫妻关系的目标等将是一件非常美好的事情。比起简单的和平共处，人们对自己肯定有不一样的认识。”我自信地回答道，对这个新点子充满信心，并且也想尝试一下。

“话语就像一个透镜，可以透视灵魂和心灵并加以放大。要是你想真正理解它们，你就得在它们成为文字之前，朝话语存在的地方看去。”鄂明说道。“你能给我讲讲，这是什么意思吗？话语在成为文字之前，它们在哪里？是在思想里，对吗？”我问道。鄂明回答道：“一个古老的表演游戏：盯着你爱的人看 15 分钟，你会看到之前从未看到的东西。试试看！”

我陷入沉思，最后一次真诚地长久地审视丽兹的眼睛是在什么时候。我常常害怕长久地注视他人的眼睛，因为我不想他们看到我的一切，而视而不见似乎能对我加以保护。但我所需要的这个保护足以给予丽兹真正的爱情吗？

我越和鄂明、迪拉拉在一起，越明白要想维系一个良好健康的关系需要投入很多。我深切知道深深地投入意味着什么，只是我从未把它应用到我和丽兹的关系当中。我总是在想，另外爱一个人是否也可以。

“爱是基础，爱是根本。一起用力才能构建爱情。艰难险阻抑或坎坷挫折，它们是两人日常生活中的绊脚石，有时它们是诱惑、单调、孤独和恐惧。爱情从来没有完成时，明白没有完美爱情的人才会和自己的伴侣一起建立一个坚若磐石的家，无私、全身投入、自由、自信并秉持善念。他无须再找，他已经全部找到了。爱构建在每天的琐事上，构建在各种意想不到的情景中，这些情景都是生活给予我们的，目的是让我们共同成长。爱不加以评判，它只是给予，不索取回报。只有毫无索求的心灵才永远不会受伤。”鄂明说道，并给我讲起新鲜感的魅力，“迪拉拉和我尝试着重新去爱对方。”鄂明谈起看似充满魔力的重聚时刻，“要是一对夫妻一两周不见面，那么……”“要是一对夫妻一两周不见面，他们对于重逢一定欣喜若狂！”我马上说道，同时想起长期出差之后我确实渴望与丽兹重逢的无数个日日夜夜。“尊敬与爱情是墙基，而新鲜感的魅力才能填满充满生气的房子。不能重新去爱对方的人，就会失去呼吸的空气，婚姻失败就不可避免。夫妻关系就会了无生趣、无法持续，岁月流逝，新鲜感也会褪色。”

“可是如果人们每天见面，又该如何找到新鲜感呢？”我问道。当鄂明和迪拉拉总是在一起时，鄂明又能如何重新去爱迪拉拉呢？“如果分别三周，有人突然出现在你的面前，难道就不能有似乎仅仅分别一日的新鲜感吗？”他讲起他的诺言，他答应迪拉拉和她的孩子利齐每天看见他们的感觉就好像长期不曾谋面。鄂明说，他想每天去找隐藏于他们当中的新鲜感，而且他总能找到这种新鲜感。即使他们没有长期分离，他也总是把每天与他们相见弄成一个小高潮。他说，他每天去爱一位女士——他的妻子。重新找到新鲜感最简单的方法，便是帮助别人找回曾经的自己。提醒人们，他们多么伟大，他们如何进步以及他们的面貌焕然一新。“你在他们身上看到的新鲜感有助于他们唤醒对生活的乐趣。人们尤其是伴侣和孩子常会抱怨不受重视。你对他们及其行为的尊重，你对他们存在于你生活中这一事实的感激，都会促使这种行为反复发生并得到强化。你每天对于新鲜感的追求以及你最真挚的赞扬都会令你想到一个全新的人，他（她）会因为你相信她（他）的伟大而真心爱你。”

关于能把真正的新鲜感并入日常的夫妻关系中的可能性令我心醉神迷，可是我也得问问造成夫妻关系步履维艰的困难处境，这种情况下夫妻关系不会不受伤害。“要是夫妻之间发生矛盾，怎么办？你们又是如何看待对方错误的？”鄂明回答道：“总是把目光集中于过去不光彩的时刻抑或把失败看得比成功严重是不公平的。人们常常这样做并且没有意识到这一点。”“为什么要这样做呢？”我问道。就在我问的同时，我想起和丽兹一起度过的宝贵日子，而我只是因为讨论中出现的意见分歧而将这些好日子一抹了之。

鄂明说起珍品的可比性，它是一个心理过程，导致大脑只关注很少发生的东西——也就是珍品。“作家和导演常常在戏剧作品或电影作品中有意识地塑造这种形象讲述历史。作为演员的我们熟悉这个套路。”鄂明说道，“生活中也确实如此——想起我恨你的时刻肯定比我爱你的时刻要多。这是因为在正常的人际关系中困难的处境要比好的或者偏向中性的互动行为出现的次数少得多。这种处境的稀少使得错误被明显放大并被赋予更大的比重。真正有爱心的人不光拥有看到阴暗面的能力，而且拥有总是回忆阳光灿烂的日子的良好美德。”

“就是说，关键在于即使遇到困难也要保留勤于发现善举的能力？”我问道。“是这样，可不光是这些，而是还要多得多。在关系开始前，真正重要的东西才会发生。”“你这是什么意思？”我说道，还想知道鄂明是否也认为约会和可口的晚餐有助于人们相互了解。鄂明说起许多基本要素，他每说一个词我对人们关系的认识就有一个全新的变化。机舱里昏暗的灯光以及发动机低沉的嗡嗡声营造出一种惬意的宁静，这时鄂明说道：“如今我在很多年轻人身上看到的关系从一开始就建构于错误的基础。开始他们感觉良好，或早或晚他们终会觉得越来越难以忍受。有几个世界级思想家，他们认识到这个问题并对此做出解释。你可以读读埃克哈特·托利[①]的文章，他的解释就好像一种模式——先是爱得死去活来，接着争吵如同家常便饭。拥有爱憎的关系常常不是真正的恋爱关系，常常是两个相互依赖的人为了满足感而结合在一起。这种满足感确实可由

①埃克哈特·托利生于德国，在剑桥大学担任研究员和导师。他也在世界各地旅游讲学，努力将自己的心灵启迪实践传授给世界各地的人。他用一种简单明了的语言传达着简单而深刻的信息：我们可以摆脱痛苦并进入内心的平和世界。

一个人在短时间内带给另一个人。这种短暂的满足感让人觉得伴侣只是新的幸福感的缘由。具有典型特征的是，不知什么时候会发生伴侣想象不到的事情。失望使得伴侣关系摇摇欲坠，恐惧、不安便会呼之欲出。这种情绪依然存在，只是由于短暂的爱恋而使得这种情绪被视而不见。”

我饶有兴致地听着，突然明白了鄂明所说的两人相互依赖的含义。关系对许多人来说就像药品。疼痛可由伴侣暂时止住，可是药效作用降低直至不再发挥作用时，疼痛感依然存在甚至更甚于之前。这时，人们把伴侣视为痛苦的源泉。爱转变成恨，希望改变伴侣的行为并重新获得满足感，这样就可以减少疼痛。疼痛和孤独是这种关系的基础。每对夫妻、每个由痛而生的依赖常常以痛苦而结束。

“所有暂时减少疼痛的药品都会使人变得更糟，”我轻声说道，“如果大多数关系基于疼痛和错误的基础，它怎么会好呢？”我问道。“你要知道，你的这种疼痛不是真的，只是想象的产物。尽管疼痛，你仍会再次寻获你的幸福——你内在的幸福。你不再需要药品，你将再次找到生活的兴奋剂。你不对任何东西加以评判，无论你还是你的伴侣，你将完全自由自在。你感到深深的满足感、真正的幸福感并且爱你自己。爱情就在那，你不可能失去它，每个人都有爱，它维系万事万物。只要你在关系中寻找治愈疼痛的法子，你就能感受到它的存在。你如果明白关系的存在是为了帮助你找到真正的爱，你就会有深深的满足感。”“那么就不会有争吵了吗？”我难以置信地问道。“给予你的伴侣自我实现的空间。指责、攻击、借口的存在只是为了减少你的疼痛感，获得满足感。所有这一切将变得轻而易举。”

来自驾驶舱扩音器的声音暂时打断了我们的谈话：“女士们，先生们！我们即将离开现在的飞行高度，即将滑行，请您系好安全带，收起小桌板，调直座椅靠背。”

这对小夫妻有关爱情、孩子、奉献、基础、自爱以及关注宝贵日子的思想令人心醉。“你们应该写本书，”在我系紧安全带的时候，我向他们说道，“我一定会买的。肯定有人想从你们关于爱情和家庭的思想中获益。”两人笑了笑，说道：“谢谢。这很好，然而真诚、坦诚、独立自由互不依赖的生活才是最好的老师。两个人的幸福就像一对翅膀。要想不受重力的影响，两个翅膀得充分展开。爱情和你真诚的品行合二为一。去找到这两大宝藏并实现它们吧。一路顺风，很高兴能认识你。一路平安！”

这架笨拙飞机的安全着陆将所有的认识深深扎根于我的生活。

我从未像现在这样信心满满。我感觉我离重要的目标似乎越来越近。人都走完了，而我却静坐了一会儿，之后从前方座椅靠背抽出一个纸袋记下我的感悟。

孩子需要的是榜样，不是批评和说教。

好的榜样远胜于不休的教导。

爱是因为人们心甘情愿，而不是孤独失落。

我们经常天真烂漫，如同孩子。

你在生活中拥有什么东西无关紧要，重要的是你跟谁在一起。

话语软弱无力，常常是误解的根源。感情则强大得多。

只有相互回忆对方的善举才不会忘记善念。

注视你所爱的人的眼睛 15 分钟！

爱是为了去爱！

给予你的伴侣实现自我的空间。

旅行结束

重新开始

我的旅行如同乘坐一次时间穿梭机。我像一名来自未来的游客，在获取很多全新知识后回到当下。走向出口途经行李提取处时，我看见今天早上我曾经停留过的吸烟区和咖啡馆。我把整盒香烟扔掉，没要咖啡而是买了一瓶纯净水。我的思想清新纯澈，我经过最快的路走向停车场。

在开车从机场回家的途中，我恍然大悟，什么才是重要的事情。我感觉到体内有种难以言表的感觉，有种真正的满足感，好像身体充满力量、阳光。我内在的机器齿轮完美契合、耦合有序，我做了一个正确的决定。我禁不住笑出声。我现在全身充满力量。我的视线第一次游离在高速公路旁的风景上。尽管之前我曾经多次行驶过这个路段，可是我从未真正欣赏过，我也从未真正明白过。树叶在风中摇摇曳曳，柔软的橙色光线穿过树木照射在我的脸上，让我倍感暖意。路途漫漫，七个硕大的风车在漫无边际的田野中旋转。我感觉到我的呼吸声，我为我的自由感到欣喜。我还从未如此有形地展示过我的自由，我也从未思考过应该做些什么。就像一只小鸟，长期待在敞开的鸟笼中，第一次明白它可以飞离鸟笼获得自由。我也从未期待过能够见到丽兹，见到孩子们。这些年我到底干什么去了？我到底是谁？伴着广播里的歌曲我大声唱着，为每一个词感到心动，不由自主地在驾驶座上跳起舞来，对相向而行的驾驶员报以微笑。我终于踏上了一条正途。

到底发生了什么？一次延误的航班，与七个完全不同的陌生人的邂逅不可思议地挑起我的心火？我没有答案，可是此时我在心中默默许下诺言：今天我所获得的有关生活以及生活所能提供无数可能性的知识我会传递下去。我认识很多朋友、熟人、同事以及家人，他们会通过我与罗伯、玛利亚、梅尔、罗斯、诺亚、迪拉拉和鄂明谈话中的一个点改变看世界的视角——就像我现在做的一样。生活最终是一次原点的旅行。我要给家里人讲讲发生的故事，我得把它们记下来赠予别人。今天，这种幸福如此巨大我无法抗拒！

回　家

离家的最后几米我慢慢驱使着座驾。我充沛的体力突然静寂下来。几乎失重般地划过我家门前的小巷，我看见我那温馨的家。我朝它开去，第一次一股热流扑面而来，它就像一个大大的拥抱把我裹围起来。厚重的窗户后面闪烁着诱人的灯光。我感觉这才是真正的生活。停车前，我再一次深呼一口气，我笑了笑，注视着后视镜中的自己。我的双眼明亮有神，目光友好、幸福、温柔，略带丝丝光芒。

我下了车，走向大门。就在我把钥匙插入锁孔的时候，我感觉我即将开启新的生活。我转动钥匙，打开门，立马感觉到丝丝暖意。壁炉生着火，我最喜欢的肉桂葡萄苹果派的香味扑鼻而入。我听到孩子们得知我回家的欢笑声！

“爸爸，爸爸！”孩子们大声叫喊着从卧室跑出来。

透过厨房我看见我的妻子。她的眼神略显诧异然而又很幸福，我还从未见过她这样。她笑了笑，我注意到自己喜极而泣，我的脸上挂满笑意。我放下提包，轻声说道：“我终于到家了。”

后　记

每个进入你生活的人很有可能成为你的指航灯。我希望，我的旅行故事可以帮助你将真正的和平、真正的快乐引入你的生活。在这条无可比拟的路上没有目的地，只有生死攸关的发展进程，它将帮助你走好每一步并成为你能成为的那个人。你曾经是那个天真无邪的孩子。过去你学会了重要的课程，将来你将充分运用它们——最重要的是，这期间你千万不要放弃，真诚敬畏每一个瞬间。从现在开始你将再次看到奇迹的发生。重要的不是寻找什么，而是创造什么。即使美丽就在眼前，有些人仍无视美丽的存在。被恐惧、欲望所羁绊，永远无法逃离自己构筑的藩篱。

你重新获取的对于每一瞬间、每一行动的新视角给予你实现自我、创造现实的力量。你最终会感到当下的静谧，这是一种引领你克服恐惧、贪婪和痛苦的能力。你会依赖更高的原则为人处世：心存感恩、慈悲、真实、宽容与仁爱。

你的视角完成转换——由头脑到心灵，由你到世界。你现在无须解读，你完全可以自己看清楚。你明白没有什么东西只属于你，你终将会把一切奉献给别人。

生活的礼物就像一部优美的音乐作品，我们心中的童真不时还会听到。只是我们一而再、再而三地忘记（它）。我们不再发现（它）。曾几何时，即使它能奏响最后的和弦，一切为时已晚。而如今，当你再次听到这首生活之音在远方响彻时，你已明白：我们的旅行中重要的根本不是目的地，也不是重大的结果。我们一生都可以轻歌曼舞、浅斟低唱。

相信这首生活之音，相信生活在你耳边的窃窃私语，即使你无法马上明白。在你既往的路上走下去，为旅行而旅行，把目的地抛于脑后，给予别人你最新的财富：帮助他们听到他们自己的生活之音！相信人们的善念，发现他们自己无法发现的东西！给那些与你惺惺相惜的人讲讲旅行，讲讲生命之音以及他们的人生旅程！

我很荣幸能够成为第一个问候你的人：今天是你全新生活的开始。

致　辞

我的旅行故事如果没有几个特别的人将不会成形——请原谅我无法一一表达。

爸爸、妈妈、尼克、卢基、莱尼、纪尧姆、利亚姆、巴布以及贝尔塔，你们是我最挂念的家人。尤其是贝丽，你是我的最爱，也是上苍给予世界的礼物。

感谢乌特·弗洛肯豪斯——你的摇滚乐。感谢桑德拉·克雷布斯以及所有 Gabal 的朋友们，感谢你们给予我故事的支持！感谢克里斯丁·马丁和马丁·策希！感谢阿姆斯特丹插图组合亚瑟·雷麦克和拉费洛·库库里尼。

感谢我的家人莱昂·史泰格和卢卡·基德罗斯基，感谢你们一如既往地支持我。尤其感谢施特拉和格罗，感谢你们在美丽的卡萨沃勒斯海姆给予我的共鸣。

尤其感谢你，我敬爱的读者朋友。

在我写就这本书的时候，我坐在印度尼西亚吉利美诺岛白色海岸边的一座小竹子搭就的木屋里。夕阳西下，天色红润，远处传来柔软的音乐声，美好的一天即将结束，我也在想如果你已经读了这本书会多么令我感动。衷心祝愿你能带着一份绝佳的好心情踏上回家之路。

致以最良好的问候与祝愿！

你的粉丝——马修

图书在版编目（CIP）数据

登机口C30号 / (德) 马修 · 莫克里奇著 ; 梁文武译
. -- 南京 : 江苏凤凰文艺出版社, 2021.1
书名原文: Gate C30
ISBN 978-7-5594-3979-6

Ⅰ. ①登… Ⅱ. ①马… ②梁… Ⅲ. ①长篇小说 – 德国 – 现代 Ⅳ. ①I516.45

中国版本图书馆CIP数据核字(2019)第155841号

著作权合同登记号：10-2020-555

登机口 C30 号

[德] 马修 · 莫克里奇 著　梁文武 译

责任编辑　李龙姣
策划编辑　赵明明
产品经理　何丽娜
装帧设计　尚燕平
出版发行　江苏凤凰文艺出版社
　　　　　南京市中央路 165 号，邮编：210009
网　　址　http://www.jswenyi.com
印　　刷　北京盛通印刷股份有限公司
开　　本　880 毫米 × 1230 毫米　1/32
印　　张　7
字　　数　140 千字
版　　次　2021 年 1 月第 1 版
印　　次　2021 年 1 月第 1 次印刷
书　　号　ISBN 978-7-5594-3979-6
定　　价　45.00 元